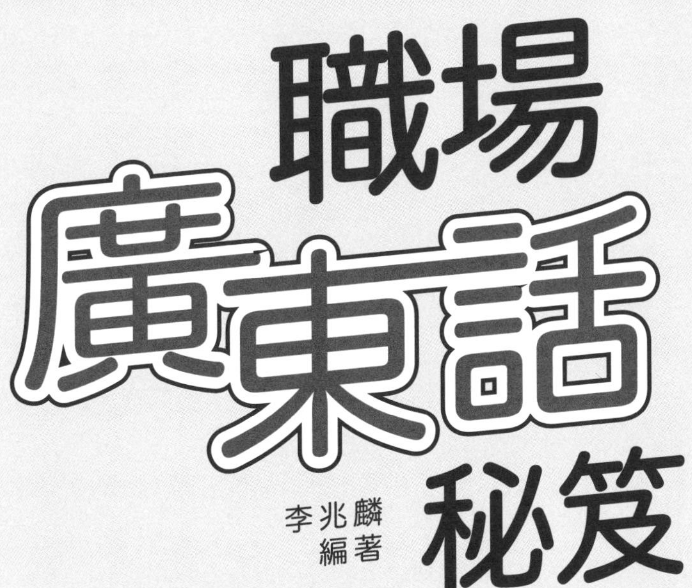
職場
廣東話
秘笈
李兆麟
編著

# 序言

粵語是香港的常用語言，反映了香港的流行文化，不少粵語學習者為了瞭解香港文化而學習粵語。同時，我相信很多人會同意廣東話在香港的職場上、工作上都佔很重要的地位。職場上所用到的詞彙和說話技巧有些跟日常用語很相似，但很多職場用語和詞彙有其獨特之處。職場用語都有一定的正式度、語氣和說話態度。筆者希望通過不同的職場主題帶出職場用語和詞彙，並訓練粵語學習者把語言技巧用於職場和工作上，運用適當的語言，達到工作目標。

本書以普通話為常用語的新來港人士或在港人士為寫作目標，針對職場及工作需要，設定職場場景的語言技巧訓練，如：處理客戶投訴、跟進個案、和同事討論、向上司匯報及提出建議等。每個話題都會對比不同身份、場合人士的說話方式，幫助讀者更好地學習粵語，加強應用與表達能力。本書結合不同職場的常見問題和案例，提供訓練，令讀者能活用粵語達到工作目標。

全書共十課，介紹了十大職場主題，每個主題均設計針對職場情景的會話，以精簡會話配合大量實用詞彙和活用短句幫助讀者學習職場用語，教會讀者如何在職場中運用粵語有效表達意見和處理相關工作。每課分為三個部分：

職場情境對話：以精簡的職場對話帶出職場場景的語言技巧和合適用語。

實用詞彙：列出不同職場主題的實用詞彙。

活用短句：按不同職場語言技巧，分類列出實用短句。

本書是一本有聲書，每課均附有粵語拼音和錄音，供學習者學習在不同職場場境中運用粵語而達到工作目的。全書以香港語言學會開發的粵語拼音方案（粵拼）為注音。

# 目錄

## 零售業篇



## 物流業篇



## 建造業篇

## 金融業篇



## 法律篇



## 保險業篇



## 物業管理篇

# leoi5 jau4 jip6 pin1<br>旅遊業篇

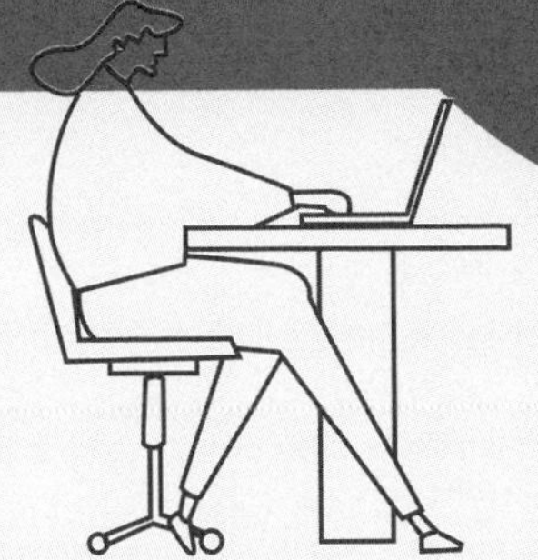

# I. 職場情境會話

## 1. 主角介紹

jyu2 gok3 gaai3 siu6

Lei5 Daai6Baau1 hai6 Bak1Ging1 jan4
李大包係北京人，

hai2 gwok3 noi6 duk6 jyun4 bun2 fo1 zi1 hau6 hai2 Hoeng1Gong2 duk6 sek6 si6
喺國內讀完本科之後喺香港讀碩士。

Lei5 Daai6Baau1 duk6 jyun4 sek6 si6 zi1 hau6 hai2 Hoeng1Gong2 wan2 je5 zou6
李大包讀完碩士之後喺香港搵嘢做。

Lei5 Daai6Baau1 jan4 jau6 sing2 zou6 je5 jau6 bok3 meng6
李大包人又醒，做嘢又搏命，

ji4 gaa1 keoi5 hai2 jat1 gaan1 kwaa1 gwok3 gung1 si1 zou6 zung1 gou1 cang4 gun2 lei5
而家佢喺一間跨國公司做中高層管理。

Gung1 si1 gun2 lei5 cang4 hou2 seon3 jam6 Lei5 Daai6Baau1
公司管理層好信任李大包，

keoi5 si4 si4 jau5 gei1 wui6 doi6 biu2 gung1 si1 zip3 doi6 cung4 jiu3 haak3 jan4
佢時時有機會代表公司接待重要客人，

caak3 waak6 tau4 zi1 gai3 waak6 tung4 cyu3 lei5 faat3 leot6 man6 tai4 dang2 dang2
策劃投資計劃同處理法律問題等等。

gai3 waak6 haak3 wu6 hang4 cing4
## 2. 計劃客戶行程

102.mp3

Lei5 Daai6 Baau1 gung1 si1 jau5 jat1 go3 cung4 jiu3 haak3 jan4
李大包公司有一個重要客人

wui5 lai4 Hoeng1 Gong2 tung4 Lei5 Daai6 Baau1 gung1 si1 ge3 dung2 si6 zoeng2 gin3 min6
會嚟香港同李大包公司嘅董事長見面。

Gung1 si1 zi2 paai3 Lei5 Daai6 Baau1 fu6 zaak3 ni1 wai2 haak3 jan4 ge3
公司指派李大包負責呢位客人嘅

zyu6 suk1 ngon1 paai4 tung4 hang4 cing4 ngon1 paai4
住宿安排同行程安排。

**李大包**
Nei5 hou2 ! Ngo5 soeng2 wan2 zau2 dim3 ge3 Mak6 ging1 lei5
你好！我想搵XX酒店嘅麥經理。

**麥經理**
Ngo5 hai6 Cing2 man6 nei5 hai6 bin1 wai2
我係。請問你係邊位？

**李大包**
Michelle ngo5 hai6 Lei5 Daai6 Baau1 aa3
Michelle，我係李大包呀！

Jau5 di1 je5 jiu3 ceng2 nei5 bong1 sau2
有啲嘢要請你幫手。

**麥經理**
jau5 mat1 je5 ho2 ji5 bong1 dou3 nei5 ne1
Harry，有乜嘢可以幫到你呢？

**李大包**
ngo5 gung1 si1 jau5 jat1 wai2 cung4 jiu3 haak3 jan4
Michelle，我公司有一位重要客人

lai4 Hoeng1 Gong2 tung4 ngo5 dei6 gung1 si1 ge3 dung2 si6 zoeng2 gin3 min6
嚟香港同我哋公司嘅董事長見面

king1 king1 mei6 loi4 ge3 hap6 zok3 fong1 ngon3
傾傾未來嘅合作方案。

Ngo5 fu6 zaak3 ngon1 paai4 ni1 wai2 haak3 jan4 ge3
我負責安排呢位客人嘅

zyu6 suk1 tung4 hang4 cing4
住宿同行程。

Ngo5 soeng2 hai2 nei5 dei6 zau2 dim3 deng6 jat1 gaan1 hoi2 ging2
我想喺你哋酒店訂一間海景

haak3 fong4 cing2 man6 gam1 nin4 luk6 jyut6 ji6 sap6 gau2 hou6
客房，請問今年六月二十九號

dou3 cat1 jyut6 saam1 hou6 jau5 mou5 fong4 ne1
到七月三號有冇房呢？

**麥經理**

luk6 jyut6 ji6 sap6 gau2 hou6
六月二十九號 check-in，

cat1 jyut6 saam1 hou6 jat1 gung6 ng5 maan5
七月三號 check-out，一共五晚。

Cing2 man6 nei5 ge3 haak3 jan4 soeng2 jiu3 jat1 zoeng1 soeng1 jan4 cong4
請問你嘅客人想要一張雙人床

ding6 hai6 loeng5 zoeng1 daan1 jan4 cong4 ne1
定係兩張單人床呢？

**李大包**

Ngo5 dei6 ge3 haak3 jan4 wui2 daai3 taai3 taai3 jat1 cai4 lai4
我哋嘅客人會帶太太一齊嚟，

jiu3 jat1 zoeng1 soeng1 jan4 cong4
要一張雙人床。

Cing2 man6 jau5 mou5 gou1 cang4 hoi2 ging2 fong4 aa3
請問有冇高層海景房呀？

Cat1 jat1 jau5 jin1 faa1 ngo5 lam2 haak3 jan4 ho2 ji5
七一有煙花，我諗客人可以

tai2 jin1 faa1 jat1 ding6 hou2 hoi1 sam1
睇煙花一定好開心。

**麥經理**

Ngo5 dei6 cat1 jat1 cin4 hau6 hoi2 ging2 fong4 bei2 gaau3 gan2 zoeng1
我哋七一前後海景房比較緊張，

gaa3 cin2 wui2 gou1 jat1 di1 Dang2 ngo5 haa5
價錢會高一啲……等我 check 下……

Luk6 jyut6 ji6 sap6 gau2 hou6 dou3 cat1 jyut6 saam1 hou6
六月二十九號到七月三號

gou1 cang4 hoi2 ging2 fong4 mui5 maan5 jiu3 luk6 cin1 man1
高層海景房每晚要六千蚊。

Nei5 gung1 si1 hai6 ngo5 dei6 coeng4 kei4 haak3 wu6
你公司係我哋長期客戶，

ngo5 dei6 bei2 go3 baat3 zit3 nei5 dei6
我哋比個八折你哋，

zik1 hai6 jat1 maan5 sei3 cin1 baat3 baak3 man1
即係一晚四千八百蚊。

Ngo5 bong1 nei5 hang4 zing3 lau4 cang4
我幫你 upgrade 行政樓層，

nei5 ge3 haak3 jan4 ho2 ji5 jung6 ngo5 dei6 zau2 dim3
你嘅客人可以用我哋酒店

so2 au5 ge3 cit3 si1 baau1 kut3 hang4 zing3 lau4 cang4 ge3
所有嘅設施，包括行政樓層嘅

gwai3 ban1 sat1 tung4 mui5 jat6 ge3 zou2 caan1
貴賓室同每日嘅早餐。

Ngo5 zau6 jung6 gwai3 gung1 si1 ge3 meng2 deng6 fong4
我就用貴公司嘅名訂房，

hou2 m4 hou2 aa3
好唔好呀？

**李大包**

Hou2 m4 goi1 nei5
好，唔該你，Michelle。

**麥經理**

Ji5 ging1 bong1 nei5 deng6 hou2 laa3
已經幫你訂好喇。

Ngo5 dei6 ting3 jat6 wui2 din6 jau4 deng6 fong4 daan1 geoi3 bei2 nei5
我哋聽日會電郵訂房單據俾你。

Nei5 fong1 bin6 ge3 si4 hau6 dou1 bei2 jat1 bei2
你方便嘅時候都俾一俾

nei5 dei6 haak3 jan4 ge3 zi1 liu2 bei2 ngo5
你哋客人嘅資料俾我。

**李大包**

Mou5 man6 tai4 Maa4 faan4 saai3 nei5
冇問題。麻煩晒你。

ngon1 paai4 zau2 dim3 / jap6 zyu6 dang1 gei3
## 3. 安排酒店 / 入住登記

103.mp3

Lei5 Daai6 Baau1 hai2 gei1 coeng4 zip3 zo2 keoi5 ge3 haak3 jan4
李大包喺機場接咗佢嘅客人，

sin1 saang1 tung4 taai3 taai2
Volkov 先生同太太，

zi1 hau6 zau6 sung3 keoi5 dei6 heoi3 zau2 dim3
之後就送佢哋去酒店。

**酒店服務員**
Nei5 hou2 Fun1 jing4 gwong1 lam4
您好！歡迎光臨！

**李大包**
Nei5 hou2 Ngo5 sing3 Lei5
你好！我姓李，

ni1 loeng5 wai2 hai6 ngo5 gung1 si1 ge3 haak3 jan4
呢兩位係我公司嘅客人。

Ngo5 gung1 si1 ji5 ging1 deng6 zo2 fong4
我公司已經訂咗房，

ngo5 soeng2 bong1 ngo5 ge3 haak3 jan4 baan6 lei5
我想幫我嘅客人辦理

jap6 zyu6 dang1 gei3
入住登記。

**酒店服務員**
Cing2 gan1 ngo5 lai4
請跟我嚟，

ngo5 daai3 nei5 dei6 heoi3 gwai6 toi4 baan6 sau2 zuk6
我帶你哋去櫃台辦手續。

Cing2 man6 jau5 gei2 do1 gin6 hang4 lei5
請問有幾多件行李

jiu3 ling1 soeng5 fong4 ne1
要拎上房呢？

**李大包**
Hou2 zau6 ne1 loeng5 gin6 hang4 lei5
好，就呢兩件行李。

## Dou3 gwai6 toi4
## 到櫃檯

**酒店服務員**
Lei5 sin1 saang1 fun1 jing4 nei5
李先生，歡迎你。

**李大包**
Ngo5 jiu3 bong1 ngo5 gung1 si1 ge3 haak3 jan4
我要幫我公司嘅客人 check-in
baan6 jap6 zyu6 sau2 zuk6
辦入住手續。

**酒店服務員**
Ngo5 dei6 ji5 ging1 zeon2 bei6 hou2
我哋已經準備好
nei5 jyu6 deng6 ge3 tou3 fong4
你預訂嘅套房，
cing2 haak3 jan4 ze3 jat1 ze3 wu6 ziu3 dang1 gei3
請客人借一借護照登記。
Cing2 nei5 dei6 tin4 jat1 tin4 dang1 gei3 kaat1
請你哋填一填登記咭。

**李大包**
Mou5 man6 tai4
冇問題。

**酒店服務員**
Lei5 sin1 saang1 ni1 dou6 jau5 loeng5 zoeng1 nei5 deng6 zo2
李先生，呢度有兩張你訂咗
ge3 tou3 fong4 ge3 si4 kaat1 Fong4 hou6 hai6
嘅套房嘅匙咭。房號係 3209

Tou3 fong4 jau5 seoi6 fong4 tung4 haak3 teng1
套房有睡房同客廳。

lau4 hai6 hang4 zing3 lau4 cang4
32樓係行政樓層，

haak3 jan4 ho2 ji5 ceoi4 bin6 sai2 jung6 hang4 zing3 lau4 cang4
客人可以隨便使用行政樓層

ge3 zau2 baa1 tung4 caan1 teng1
嘅酒吧同餐廳。

Zau2 dim3 ge3 gin6 san1 sat1 tung4 wing6 ci4
酒店嘅健身室同泳池

dou1 ho2 ji5 min5 fai3 sai2 jung6
都可以免費使用。

Hoi1 fong3 si4 gaan3 hai6 ziu4 zou2 luk6 dim2
開放時間係朝早六點

zi3 je6 maan5 sap6 dim2
至夜晚十點。

Haak3 fong4 jap6 min6 jau5 jat1 bou6 ping4 baan2 din6 nou5
客房入面有一部平板電腦，

leoi5 min6 jau5 zau2 dim3 so2 jau5 cit3 si1 ge3
裏面有酒店所有設施嘅

coeng4 sai3 zi1 liu2 haak3 jan4 dou1 ho2 ji5 ceoi4 si4
詳細資料，客人都可以隨時

daa2 din6 waa2 dou3 cin4 toi4
打電話到前台。

Ngo5 dei6 fei1 soeng4 lok6 ji3 wai4 nei5 dei6 fuk6 mou6
我哋非常樂意為你哋服務。

李大包

M4 goi1 saai3
唔該晒。

# 4. 處理緊急事故

cyu3 lei5 gan2 gap1 si6 gu3

104.mp3

Lei5 Daai6 Baau1 ge3 haak3 jan4 daa2 din6 waa6 bei2 keoi5 waa6
李大包嘅客人打電話俾佢話

gok3 dak1 hou2 m4 syu1 fuk6, faat3 gou1 siu1,
覺得好唔舒服，發高燒，

wan2 Lei5 Daai6 Baau1 bong1 sau2
搵李大包幫手。

**酒店服務員**

zau2 dim3
XXX酒店，

cing2 man6 jau5 mat1 je5 ho2 ji5 bong1 dou3 nei5
請問有乜嘢可以幫到您？

**李大包**

Ngo5 dei6 gung1 si1 ge3 haak3 jan4 zyu6 hai2 nei5 dei6
我哋公司嘅客人住喺你哋

zau2 dim3, keoi5 dat6 jin4 faat3 gou1 siu1
酒店，佢突然發高燒，

siu1 dou3 dou6
燒到42度，

sik6 zo2 teoi3 siu1 joek6 daan6 hai6 mou5 teoi3 siu1
食咗退燒藥但係冇退燒。

Ngo5 dei6 soeng2 wan2 nei5 dei6 bong1 sau2
我哋想搵你哋幫手。

**酒店服務員**

Cing2 man6 haak3 jan4 zyu6 gei2 hou6 fong4
請問客人住幾號房？

**李大包**

Haak3jan4 zyu6 hai2 hou6fong4

客人住喺3209號房。

Haak3jan4 hai6

客人係Mr. Volkov。

M4 goi1 nei5 faai3 di1

唔該你快啲，

haak3 jan4 ji5 ging1 siu1 zo2 sing4 go3 zung1 tau4

客人已經燒咗成個鐘頭。

**酒店服務員**

Ngo5 dei6 wui2 paai3 jan4 heoi3 bong1 bong1 sau2

我哋會派人去幫幫手。

Jyu4 gwo2 cing4 fong3 gan2 gap1

如果情況緊急，

ngo5 dei6 wui2 gin3 ji5 giu3 gau3 wu6 ce1

我哋會建議叫救護車

sung3 haak3 jan4 heoi3 zeoi3 kan5 ge3 gap1 zing3 sat1

送客人去最近嘅急症室。

**李大包**

Maa4 faan4 saai3 nei5 bat1 gwo3 ngo5 dei6 gung1 si1

麻煩晒你，不過我哋公司

bong1 haak3 jan4 maai5 zo2 leoi5 jau4 bou2 him2

幫客人買咗旅遊保險，

ho2 m4 ho2 ji5 sung3

可唔可以送Mr. Volkov

heoi3 zeoi3 kan5 ge3 si1 lap6 ji1 jyun2 ne1

去最近嘅私立醫院呢？

Ngo5 ji4 gaa1 gon2 lai4 zau2 dim3

我而家趕嚟酒店，

ngo5 dei6 bou2 ci4 lyun4 lok3

我哋保持聯絡，

jyu4 gwo2 jau5 dat6 faat3 cing4 fong3
如果有突發情況，

cing2 nei5 lyun4 lok3 ngo5
請你聯絡我，

ngo5 ge3 sau2 gei1 hai6
我嘅手機係90123321。

**酒店服務員** Lei5 sin1 saang1 hou2 mou5 man6 tai4
李先生，好，冇問題。

## II. 實用詞彙

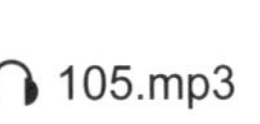

| 董事長 | dung2 si6 zoeng2 |
| --- | --- |
| 住宿 | zyu6 suk1 |
| 行程安排 | hang4 cing4 ngon1 paai4 |
| 未來 | mei6 loi4 |
| 合作方案 | hap6 zok3 fong1 ngon3 |
| 海景客房 | hoi2 ging2 haak3 fong4 |
| 價錢 | gaa3 cin4 |
| 長期客戶 | coeng4 kei4 haak3 wu6 |
| 八折 | baat3 zit3 |
| 行政樓層 | hang4 zing3 lau4 cang4 |
| 貴賓室 | gwai3 ban1 sat1 |
| 電郵 | din6 jau4 |
| 訂房單據 | deng6 fong4 daan1 geoi3 |
| 客人資料 | haak3 jan4 zi1 liu2 |
| 入住登記 | jap6 zyu6 dang1 gei3 |
| 入住手續 | jap6 zyu6 sau2 zuk6 |
| 預訂 | jyu6 deng6 |
| 套房 | tou3 fong4 |
| 護照 | wu6 ziu3 |
| 登記咭 | dang1 gei3 kaat1 |
| 匙咭 | si4 kaat1 |

| 房號 | fong2 hou6 |
|---|---|
| 睡房 | seoi6 fong2 |
| 客廳 | haak3 teng1 |
| 酒吧 | zau2 baa1 |
| 餐廳 | caan1 teng1 |
| 健身室 | gin6 san1 sat1 |
| 泳池 | wing6 ci4 |
| 免費使用 | min5 fai3 sai2 jung6 |
| 開放時間 | hoi1 fong3 si4 gaan3 |
| 平板電腦 | ping4 baan2 din6 nou5 |
| 設施 | cit3 si1 |
| 詳細資料 | coeng4 sai3 zi1 liu2 |
| 前台 | cin4 toi4 |
| 非常樂意為你服務 | fei1 soeng4 lok6 ji3 wai4 nei5 fuk6 mou6 |
| 情況緊急 | cing4 fong3 gan2 gap1 |
| 建議 | gin3 ji5 |
| 救護車 | gau3 wu6 ce1 |
| 急症室 | gap1 zing3 sat1 |
| 旅遊保險 | leoi5 jau4 bou2 him2 |
| 私立醫院 | si1 lap6 ji1 jyun2 |
| 保持聯絡 | bou2 ci4 lyun4 lok3 |
| 突發情況 | dat6 faat3 cing4 fong3 |

## III. 活用短句

106.mp3

### 1. 酒店緊急情況
zau2 dim3 gan2 gap1 cing4 fong3

Ngo5 dei6 zik1 hak1 paai3 jan4 gwo3 lai4
我 哋 即 刻 派 人 過 嚟 。

Deoi3 m4 zyu6 ngo5 dei6 zau2 dim3 mou5 ni1 zung2 cit3 bei6
對 唔 住 ， 我 哋 酒 店 冇 呢 種 設 備 。

Ngo5 dei6 zik1 hak1 gwo3 lai4 bong1 nei5 cing1 lei5 fong4 gaan1
我 哋 即 刻 過 嚟 幫 你 清 理 房 間 。

Sai2 m4 sai2 bong1 nei5 giu3 ji1 saang1 baak6 ce1 aa3
使 唔 使 幫 你 叫 醫 生 / 白 車 呀 ？

Gan2 gap1 si6 gu3 cing2 gok3 wai2 zyu6 haak3 zyu3 ji3
緊 急 事 故 ， 請 各 位 住 客 注 意 。

Zau2 dim3 faat3 saang1 fo2 ging2 cing2 lap6 zik1 lei4 hoi1 fong4 gaan1
酒 店 發 生 火 警 ， 請 立 即 離 開 房 間 。

Cing2 zyu3 ji3 m4 ho2 ji5 jung6 sing1 gong3 gei1
請 注 意 ， 唔 可 以 用 升 降 機 。

Cing2 hip3 zo6 lou5 jan4 tung4 siu2 tung4
請 協 助 老 人 同 小 童 。

M4 hou2 ji3 si1 ngo5 dei6 zik1 hak1 paai3 jan4 lai4 sau1 lei5
唔 好 意 思 ， 我 哋 即 刻 派 人 嚟 修 理 。

## zip3 doi6 haak3 jan4
## 2. 接待客人

Ngo5 dei6 gam1 jat6 ceng2 nei5 sik6 faan6
我哋今日請你食飯。

Do1 ze6 nei5 ge3 jiu1 cing2
多謝你嘅邀請。

M4 hou2 ji3 si1 ngo5 gam1 maan5 jau5 di1 si6
唔好意思，我今晚有啲事。

Deoi3 m4 zyu6 ngo5 ji5 ging1 jau5 joek3
對唔住，我已經有約，

gam1 maan5 lai4 m4 dou3 laa3
今晚嚟唔到喇。

Gam1 jat6 lam4 si4 jau5 di1 si6 lai4 m4 dou3
今日臨時有啲事，嚟唔到。

Nei5 soeng2 sik6 mat1 je5 ne1
你想食乜嘢呢？

Nei5 jau5 mou5 soeng2 sik6 ge3 je5 ne1
你有冇想食嘅嘢呢？

Mat1 dou1 dak1 nei5 kyut3 ding6 laa1 !
乜都得，你決定啦！

Sik6 mat1 dou1 mou5 man6 tai4
食乜都冇問題。

Ngo5 sik6 zaai1 maa4 faan4 nei5 laa3
我食齋，麻煩你喇。

Ngo5 m4 sik6 dak1 hoi2 sin1 ngo5 deoi3 hoi2 sin1 man5 gam2
我唔食得海鮮，我對海鮮敏感。

## 3. 求助 (kau4 zo6)

Nei5 ho2 m4 ho2 ji5 bong1 ngo5 jat1 go3 mong4 aa3
你可唔可以幫我一個忙呀？

Ngo5 soeng2 cing2 nei5 bong1 go3 mong4
我想請你幫個忙。

M4 goi1 ngo5 jiu3 maa4 faan4 nei5 bong1 go3 mong4
唔該我要麻煩你幫個忙。

Nei5 giu3 dou3 gang2 hai6 dak1 laa1
你叫到，梗係得啦。

Gang2 hai6 dak1 laa1 jau5 mat1 je5 si6 ne1
梗係得啦，有乜嘢事呢？

Dong1 jin4 ho2 ji5
當然可以。

Hou2 mou5 man6 tai4
好，冇問題。

Deoi3 m4 zyu6 ngo5 ji4 gaa1 jau5 di1 si6 hang4 m4 hoi1
對唔住，我而家有啲事行唔開。

M4 hou2 ji3 si1 ni1 gin6 si6 ngo5 bong1 m4 dou3 sau2
唔好意思，呢件事我幫唔到手，
nei5 bat1 jyu4 wan2 kei4 taa tung4 si6 laa1
你不如搵其他同事啦！

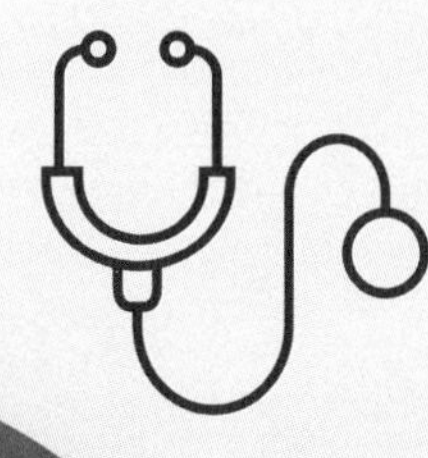

# ji¹ liu⁴ bou² gin⁶ pin¹ 醫療保健篇

# I. 職場情境會話

## 1. 詢問病人情況

seon1 man6 beng6 jan4 cing4 fong3
詢問病人情況

201.mp3

Lei5 Daai6 Baau1 gon2 dou3 zau2 dim3 ge3 si4 hau6
李大包趕到酒店嘅時候，

zau2 dim3 ji5 ging1 zeon2 bei6 hou2 ce1
酒店已經準備好車，

Lei5 Daai6 Baau1 pui4 sin1 saang1 tung4 taai3 taai2 heoi3 ji1 jyun2
李大包陪Volkov先生同太太去XX醫院。

**李大包**
Ngo5 soeng2 bong1 ngo5 ge3 pang4 jau5 dang1 gei3
我想幫我嘅朋友登記。

**登記處護士**
Maa4 faan4 nei5 san1 fan2 zing3
麻煩你身份證。

**李大包**
Ngo5 ge3 pang4 jau5 m4 hai6 Hoeng1 Gong2 geoi1 man4
我嘅朋友唔係香港居民，

keoi5 lai4 Hoeng1 Gong2 hoi1 wui2 tung4 gun1 gwong1
佢嚟香港開會同觀光，

ni1 bun2 hai6 keoi5 ge3 wu6 ziu3
呢本係佢嘅護照。

**登記處護士**
M4 goi1 ni1 go3 hai6 nei5 ge3 leon4 hau6 hou6 maa5
唔該，呢個係你嘅輪候號碼，

cing2 nei5 dei6 heoi3 fan1 lau4 keoi1 dang2 jat1 dang2
請你哋去分流區等一等。

**分流區護士** Mr. Volkov can you speak English

hai6 Ngo4 Lo4 Si1 jan4
**李大包** Mr. Volkov 係 俄 羅 斯 人 ，

ngo5 bong1 keoi5 faan1 jik6
我 幫 佢 翻 譯 。

Beng6 jan4 jau5 mat1 je5 m4 syu1 fuk6 aa3
**分流區護士** 病 人 有 乜 嘢 唔 舒 服 呀 ？

soeng5 sing1 kei4 hai2 Ngo4 Lo4 Si1
**李大包** Mr. Volkov 上 星 期 喺 俄 羅 斯

heoi3 Jat6 Bun2
去 日 本 ，

cin4 jat6 hai2 Jat6 Bun2 lai4 dou3 Hoeng1 Gong2
前 日 喺 日 本 嚟 到 香 港 ，

gam1 maan5 sik6 jyun4 faan6 zau6 hoi1 ci2 faat3 gou1 siu1
今 晚 食 完 飯 就 開 始 發 高 燒 。

Sik6 zo2 di1 teoi3 siu1 joek6
食 咗 啲 退 燒 藥 ，

daan6 hai6 jat1 zik6 m4 teoi3 siu1
但 係 一 直 唔 退 燒 。

Ngo5 dei6 bong1 taam3 jit6
**分流區護士** 我 哋 幫 Mr. Volkov 探 熱

tung4 loeng6 jat1 loeng6 hyut3 ngaat3
同 量 一 量 血 壓 ，

dou6 hyut3 ngaat3 zing3 soeng4
42.1度 ， 血 壓 正 常 。

Ceoi4 zo2 Ngo4 Lo4 Si1 tung4 Jat6 Bun2
除 咗 俄 羅 斯 同 日 本 ，

zeoi3 gan6 jau5 mou5 heoi3 gwo3
Mr. Volkov 最近有冇去過

kei4 taa1 dei6 fong1 ne1
其他地方呢？

Jau5 mou5 zip3 zuk1 gwo3 kam4 niu5 sang1 cuk1
有冇接觸過禽鳥牲畜

tung4 jau5 fu1 kap1 dou6 gam2 jim5 ge3 beng6 jan4 ne1
同有呼吸道感染嘅病人呢？

**李大包**
waa6 jing3 goi1 mou5
Mr. Volkov 話應該冇。

**分流區護士**
Gam3 jau5 mou5 gaa1 jan4 jau5 fu1 kap1 dou6 gam2 jim5 ne1
咁有冇家人有呼吸道感染呢？

**李大包**
waa6 mou5
Mr. Volkov 話冇。

**分流區護士**
jau5 mou5 kei4 taa1 beng6 zing1 ne1
Mr. Volkov 有冇其他病徵呢？

Pei3 jyu4 lau4 bei6 seoi2 kat1 o1
譬如流鼻水、咳、疴

waak6 ze2 au2 ne1
或者嘔呢？

**李大包**
Zaam6 si4 mou5
暫時冇。

**分流區護士**
Cing2 nei5 dei6 hai2 leon4 hau6 keoi1 dang2 jat1 dang2
請你哋喺輪候區等一等。

## 2. 安排住院
ngon1 paai4 zyu6 jyun2

202.mp3

**醫生**

Lei5 sin1saang1, Mr. Volkov ci4 zuk6 gou1 siu1,
李先生，Mr. Volkov 持續高燒，

seoi1 jin4 zaam6 si4 mou5 kei4 taa1 beng6 zing1,
雖然暫時冇其他病徵，

daan6 ngo5 dei6 daam1 sam1 keoi5 jim5 zo2 zeoi3 san1 jing4 ge3 lau4 gam2,
但我哋擔心佢染咗最新型嘅流感，

wai4 ngon1 cyun4 gai3, ngo5 gin3 ji5 keoi5 lau4 jyun2 gun1 caat3.
為安全計，我建議佢留院觀察。

Ngo5 dei6 wui2 bong1 keoi5 zung3 kwan2,
我哋會幫佢種菌，

gim2 jim6 cing1 co2 wui2 ngon1 sam1 jat1 di1,
檢驗清楚會安心一啲，

tung4 ngo5 dei6 jau5 zung3 kwan2 bou3 gou3 zi1 hau6
同我哋有種菌報告之後

zau6 ho2 ji5 deoi3 zing3 haa6 joek6.
就可以對症下藥。

**李大包**

Mr. Volkov jyun4 ding6 cat1 jyut6 saam1 hou6
Mr. Volkov 原定七月三號

zik1 hai6 hau6 jat6 faan2 Ngo4 Lo4 Si1.
即係後日返俄羅斯。

Ngo5 zoeng3 nei5 ge3 gin3 ji5 faan1 jik6 bei2 keoi5 teng3,
我將你嘅建議翻譯俾佢聽，

man6 haak3 keoi5 ge3 ji3 gin3.
問吓佢嘅意見。

**李大包**

Mr. Volkov waa6 mou5 baan6 faat3 wai4 jau5 zyu6 jyun2,
Mr. Volkov 話冇辦法惟有住院，

gim2 jim6 cing1 co2 wui2 ngon1 sam1 di1

檢驗清楚會安心啲。

Ji1 saang1 ho2 m4 ho2 ji5 bong1 keoi5 ngon1 paai4 daan1 jan4 fong2

醫生，可唔可以幫佢安排單人房？

Ling6 ngoi6 gung1 si1 bong1 keoi5 maai5 zo2 bou2 him2

另外公司幫佢買咗保險，

maa4 faan4 nei5 bong1 ngo5 dei6 zeon2 bei6 seoi1 jiu3 ge3 man4 gin6

麻煩你幫我哋準備需要嘅文件。

**醫生**

Ho2 ji5 Ngo5 cing2 wu6 si6 tai2 haa5 jau5 mou5 fong2

可以。我請護士睇下有冇房。

**醫生**

Ngo5 dei6 ji1 jyun2 gam1 jat6 jau5 daan1 jan4 fong2

我哋醫院今日有單人房，

Ni1 zoeng1 hai6 jap6 jyun2 zi2

呢張係入院紙，

cing2 nei5 lo2 ne1 zoeng1 jap6 jyun2 zi2 zou6 jap6 jyun2 dang1 gei3

請你攞呢張入院紙做入院登記。

Cing2 nei5 dei6 hai2 ngoi6 min6 dang2 dang2

請你哋喺外面等等，

ngo5 dei6 hou2 faai3 wui2 daai3 soeng5 beng6 fong2

我哋好快會帶 Mr. Volkov 上病房

tung4 baan6 jap6 jyun2 sau2 zuk6

同辦入院手續。

**護士**

Ne1 wai2 hai6 m4 hai6 aa3

呢位係唔係 Mr. Volkov 呀？

Ngo5 daai3 nei5 dei6 soeng5 beng6 fong2 ngo5 wui2 bong1

我帶你哋上病房，我會幫 Mr. Volkov

dok6 gou1 bong6 cung4 tung4 zou6 kei4 taa1 jap6 jyun2 sau2 zuk6

度高磅重同做其他入院手續。

Ngo5 dei6 dou1 wui2 bong1 zung3 kwan2
我哋都會幫 Mr. Volkov 種菌，

hei1 mong6 jat1 loeng5 jat6 ho2 ji5 jau5 bou3 gou3
希望一兩日可以有報告。

**李大包**

Ni1 wai2 hai6 ge3 taai3 taai2
呢位係 Mr. Volkov 嘅太太，

keoi5 soeng2 je6 maan5 pui4
佢想夜晚陪 Mr. Volkov

m4 zi1 ho2 m4 ho2 ji5 ne1
唔知可唔可以呢？

**護士**

Daan1 jan4 fong2 ho2 ji5 jau5 jat1 wai2 gaa1 jan4 pui4 gwo3 je6
單人房可以有一位家人陪過夜，

daan6 hai6 jan1 wai4 ngo5 dei6 mei6 zi1
但係因為我哋未知 Mr. Volkov

hai6 m4 hai6 gan2 jim5 dou3 san1 jing4 lau4 gam2
係唔係感染到新型流感

waak6 ze2 kei4 taa1 leoi6 jing4 ge3 cyun4 jim5 beng6
或者其他類型嘅傳染病，

gaa1 jan4 tung4 taam3 beng6 ge3 can1 jau5
家人同探病嘅親友

jiu3 daai3 hau2 zaau3 tung4 zyu3 fong4 wu6 ji1
要戴口罩同着防護衣。

Ni1 fan6 hai6 ngon1 cyun4 zi2 jan5 cing2 nei5 tai2 jat1 tai2
呢份係安全指引，請你睇一睇，

tung4 maa4 faan4 nei5 gaai2 sik1 bei2 zi1
同麻煩你解釋俾 Mrs. Volkov 知。

**李大包**

M4 goi1 nei5
唔該你。

## 3. 辦理出院手續
baan6 lei5 ceot1 jyun2 sau2 zuk6

203.mp3

**醫生**

Zung3 kwan2 bou3 gou3 ceot1 zo2 laa3
種菌報告出咗喇。

gam2 jim5 zo2 lau4 gam2
Mr. Volkov 感染咗流感，

ngo5 wui2 hoi1 di1 dak6 haau6 kong3 saang1 sou3
我會開啲特效抗生素

tung4 teoi3 siu1 joek6 bei2 keoi5
同退燒藥俾佢，

jing3 goi1 hou2 faai3 zau6 teoi3 siu1 tung4 hou2 faai3 hou2 faan2
應該好快就退燒同好快好返。

Ni1 paai4 ge3 lau4 gam2 bei2 gaau3 lei6 hoi6
呢排嘅流感比較利害，

so2 ji5 faat3 siu1 siu1 dak1 bei2 gaau3 gou1
所以發燒燒得比較高

tung4 bei2 gaau3 noi6 sin1 zi3 teoi3 siu1
同比較耐先至退燒。

**李大包**

M4 hai6 san1 jing4 lau4 gam2 zau6 ngon1 sam1 laa3
唔係新型流感就安心喇。

Cing2 man6 gei2 si4 ho2 ji5 ceot1 jyun2 ne1
請問 Mr. Volkov 幾時可以出院呢？

**醫生**

Ngo5 ting3 jat6 wui2 lai4 tai2 keoi5
我聽日會嚟睇佢，

jyu4 gwo2 teoi3 zo2 siu1 cing4 fong3 wan2 ding6
如果退咗燒，情況穩定，

jing3 goi1 ting3 jat6 ho2 ji5 ceot1 jyun2
應 該 聽 日 可 以 出 院 。

**李大包**

M4 goi1 ji1 saang1
唔 該 醫 生 。

**醫生**

kam4 maan5 ji5 ging1 teoi3 zo2 siu1
Mr. Volkov 噉 晚 已 經 退 咗 燒 ，

cing4 fong3 wan2 ding6 ho2 ji5 ceot1 jyun2 laa1
情 況 穩 定 ， 可 以 出 院 喇 。

Cing2 nei5 dei6 dang2 jat1 dang2
請 你 哋 等 一 等 ，

ji1 jyun2 wui6 gai3 bou6 wui5 gai3 jat1 gai3
醫 院 會 計 部 會 計 一 計

ni1 gei2 jat6 ge3 fai3 jung6
呢 幾 日 嘅 費 用 。

Nei5 dei6 heoi3 ji6 lau4 gaau1 cin2 lo2 joek6 zi1 hau6
你 哋 去 二 樓 交 錢 ， 攞 藥 之 後

faan1 soeng5 lai4 lo2 ceot1 jyun2 zi2 zau6 dak1 gaa2 laa3
返 上 嚟 攞 出 院 紙 就 得 㗎 喇 。

Nei5 dei6 bou3 bou2 him2 seoi1 jiu3 ge3 man4 gin6
你 哋 報 保 險 需 要 嘅 文 件

ngo5 dei6 dou1 wui2 zeon2 bei6 hou2
我 哋 都 會 準 備 好 。

## II. 實用詞彙

| 登記 | dang1 gei3 |
|---|---|
| 身份證 | san1 fan2 zing3 |
| 香港居民 | Hoeng1 Gong2 geoi1 man4 |
| 輪候號碼 | leon4 hau6 hou6 maa5 |
| 分流區 | fan1 lau4 keoi1 |
| 翻譯 | faan1 jik6 |
| 退燒藥 | teoi3 siu1 joek6 |
| 探熱 | taam3 jit6 |
| 量血壓 | loeng6 hyut3 ngaat3 |
| 接觸 | zip3 zuk1 |
| 禽鳥牲畜 | kam4 niu5 sang1 cuk1 |
| 呼吸道感染 | fu1 kap1 dou6 gam2 jim5 |
| 病徵 | beng6 zing1 |
| 流鼻水 | lau4 bei6 seoi2 |
| 咳 | kat1 |
| 痾 | o1 |

| 嘔 | au² |
|---|---|
| 新型流感 | san¹ jing⁴ lau⁴ gam² |
| 為安全計 | wai⁴ ngon¹ cyun⁴ gai³ |
| 建議 | gin³ ji⁵ |
| 留院觀察 | lau⁴ jyun² gun¹ caat³ |
| 檢驗 | gim² jim⁶ |
| 安心 | ngon¹ sam¹ |
| 對症下藥 | deoi³ zing³ haa⁶ joek⁶ |
| 住院 | zyu⁶ jyun² |
| 單人房 | daan¹ jan⁴ fong² |
| 準備 | zeon² bei⁶ |
| 需要嘅文件 | seoi¹ jiu³ ge³ man⁴ gin⁶ |
| 入院紙 | jap⁶ jyun² zi² |
| 入院登記 | jap⁶ jyun² dang¹ gei³ |
| 辦入院手續 | baan⁶ jap⁶ jyun² sau² zuk⁶ |
| 度高 | dok⁶ gou¹ |

| 報告 | bou3 gou3 |
| --- | --- |
| 其他類型 | kei4 taa1 leoi6 jing4 |
| 傳染病 | cyun4 jim5 beng6 |
| 探病 | taam3 beng6 |
| 親友 | can1 jau5 |
| 戴口罩 | daai3 hau2 zaau3 |
| 着防護衣 | zyu3 fong4 wu6 ji1 |
| 安全指引 | ngon1 cyun4 zi2 jan5 |
| 特效抗生素 | dak6 haau6 kong3 saang1 sou3 |
| 情況穩定 | cing4 fong3 wan2 ding6 |
| 出院 | ceot1 jyun2 |
| 會計部 | wui6 gai3 bou6 |
| 費用 | fai3 jung6 |
| 攞藥 | lo2 joek6 |
| 出院紙 | ceot1 jyun2 zi2 |

## III. 活用短句

205.mp3

### 1. 主動幫忙
zyu2 dung6 bong1 mong4

| |
|---|
| Sai2 m4 sai2 bong1 sau2 aa3<br>使唔使幫手呀？ |
| Ngo5 sai2 m4 sai2 bong1 nei5 zou6 di1 mat1 je5 aa3<br>我使唔使幫你做啲乜嘢呀？ |
| M4 sai2 laa3, ngo5 gaau2 dak1 dim6, m4 goi1 nei5<br>唔使喇，我搞得掂，唔該你。 |
| M4 goi1 nei5 bong1 ngo5<br>唔該你幫我…… |

### 2. 詢問結果
seon1 man6 git3 gwo2

| |
|---|
| Kam4 jat6 hoi1 wui2 seon6 m4 seon6 lei6<br>噖日開會順唔順利？ |
| Go2 gin6 si6 zeon3 hang4 sing4 dim2 aa3<br>嗰件事進行成點呀？ |
| Kam4 jat6 gin3 haak3, gin3 sing4 dim2 aa3<br>噖日見客，見成點呀？ |
| Fei1 soeng4 seon6 lei6<br>非常順利。 |

Go3 gai3 waak6 hou2 sau6 fun1 jing4
個計劃好受歡迎。

King1 dak1 hou2 hou2
傾得好好。

Haak3 jan4 gok3 dak1 go3 gai3 waak6 m4 co3
客人覺得個計劃唔錯。

Zeon3 hang4 dak1 hou2 seon6 lei6
進行得好順利。

Go3 gai3 waak6 gwo3 m4 gwo3 dou3 wui2 aa3
個計劃過唔過到會呀？

Git3 gwo2 dim2 aa3
結果點呀？

Gwo3 zo2 wui2 laa3
過咗會喇。

Pai1 zo2 laa3
批咗喇。

Lou5 sai3 hou2 mun5 ji3
老細好滿意。

Ho2 sik1 gwo3 m4 dou3
可惜，過唔到。

Gwo3 m4 dou3 gai3 waak6 syu1 jiu3 cung4 san1 se2 gwo3
過 唔 到 ， 計 劃 書 要 重 新 寫 過 。

Gei1 bun2 soeng5 tung1 gwo3
基 本 上 通 過 ，

bat1 gwo3 jau5 siu2 siu2 sai3 zit3 jiu3 sau1 ding6
不 過 有 少 少 細 節 要 修 訂 。

## 3. 說明理由
syut3 ming4 lei5 jau4

Dim2 gaai2 jiu3 gam3 zou6
點解要咁做？

Ngo5 m4 ming4 jau5 mat1 je5 lei5 jau4
我唔明有乜嘢理由。

Dang2 ngo5 gaai2 sik1 bei2 nei5 ting3
等我解釋俾你聽。

Ngo5 lai4 gaai2 sik1 jat1 haa6
我嚟解釋一下。

Ngo5 dei6 ge3 gun1 dim2 hai6 jau5 lei5 geoi3 zi1 ci4 ge3
我哋嘅觀點係有理據支持嘅……

Ngo5 dei6 ge3 lei5 jau4 hai6
我哋嘅理由係……

Ngo5 dei6 ho2 ji5 cung4 kei4 taa1 gok3 dou6 lai4 tai2 ni1 gin6 si6
我哋可以從其他角度嚟睇呢件事。

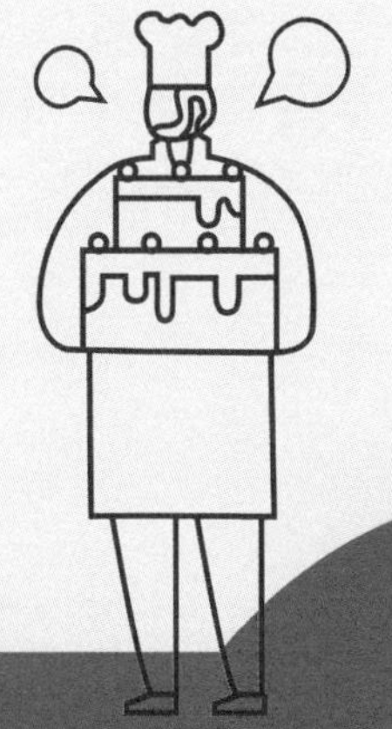

# caan1 jam2 jip6 pin1<br>餐飲業篇

# I. 職場情境會話

## 1. 主持商業會議

zyu2 ci4 soeng1 jip6 wui6 ji5

301.mp3

Lei5 Daai6 Baau1 ge3 gung1 si1 zeoi3 gan6 gei2 nin4
李大包嘅公司最近幾年

tau4 zi1 zo2 jat1 go3 lin4 so2 caan1 teng1
投資咗一個連鎖餐廳。

Ni1 go3 lin4 so2 caan1 teng1 ban2 paai4 zou6 dak1 m4 co3
呢個連鎖餐廳品牌做得唔錯，

cyun4 gong2 jau5 gaan1 fan1 dim3
全港有18間分店。

Gam1 jat6 keoi5 doi6 biu2 zung2 gung1 si1
今日佢代表總公司

tung4 ni1 gaan1 fan1 dim3 ging1 lei5 hoi1 wui2
同呢18間分店經理開會。

**李大包**

Daai6 gaa1 hou2 gam1 jat6 hoi1 wui2 jau5 gei2 go3 ji5 cing4
大家好，今日開會有幾個議程。

Dai6 jat1 go3 ji5 cing4 hai6 fun1 jing4 san1 gaa1 jap6 ge3 tung4 si6
第一個議程係歡迎新加入嘅同事。

Dai6 ji6 go3 ji5 cing4 hai6
第二個議程係

gok3 wai2 bou3 gou3 gam1 nin4 ge3 jip6 zik1
各位報告今年嘅業績、

jyu6 dou2 ge3 man6 tai4 loi4 nin4 ge3 gai3 waak6
遇到嘅問題、來年嘅計劃。

Dai6 saam1 go3 ji5 cing4 hai6
第三個議程係

tou2 leon6 ngo5 dei6 ni1 go3 caan1 jam2 ban2 paai4
討論我哋呢個餐飲品牌

mei6 loi4 saam1 nin4 ge3 faat3 zin2
未來三年嘅發展。

Jyu4 gwo2 daai6 gaa1 deoi3 gam1 jat6 ge3 ji5 cing4 mou5 man6 tai4
如果大家對今日嘅議程冇問題，

ngo5 zau6 sau2 sin1 gaai3 siu6 ngo5 dei6 soeng6 go3 jyut6 soeng5 jam6 ge3
我就首先介紹我哋上個月上任嘅

fan1 dim3 ging1 lei5 Zoeng1 Hou6 Lam4 ging1 lei5
分店經理，張浩林經理。

Zoeng1 ging1 lei5 cung4 si6 caan1 jam2 jip6 sap6 gei2 nin4
張經理從事餐飲業十幾年，

keoi5 wui5 fu6 zaak3 ngo5 dei6 soeng6 go3 jyut6 san1 hoi1 mok6 ge3
佢會負責我哋上個月新開幕嘅

Waan1 Zai2 fan1 dim3
灣仔分店。

**張經理**

Daai6 gaa1 hou2 cing2 gok3 wai2 do1 do1 zi2 gaau3
大家好，請各位多多指教。

Ngo5 wui5 tung4 gok3 wai2 tung1 lik6 hap6 zok3
我會同各位通力合作，

ling6 gung1 si1 ge3 caan1 jam2 ban2 paai4 kong3 zin2 dou3 Waan1 Zai2
令公司嘅餐飲品牌擴展到灣仔。

**李大包**

Ngo5 dei6 fun1 jing4 Zoeng1 ging1 lei5 gaa1 jap6
我哋歡迎張經理加入。

Ngo5 dei6 ji4 gaa1 heoi3 dai6 ji6 go3 ji5 cing4
我哋而家去第二個議程。

Ngo5 dei6 cing2 Zung1 Waan4 ge3 Wong1 ging1 lei5 gong2 gong2
我哋請中環嘅汪經理講講

Zung1 Waan4 zung2 dim3 ge3 jip6 zik1
中環總店嘅業績。

**汪經理**

Hou2 dang2 ngo5 bou3 gou3 jat1 haa5
好，等我報告一下，

Zung1 Waan4 zung2 dim3 gam1 nin4 jip6 zik1 jing4 lei6 tung4 soeng6 nin2
中環總店今年業績盈利同上年

waak6 ze2 cin4 nin2 bei2 gaau3 dou1 jau5 soeng6 sing1
或者前年比較都有上升。

Gam1 nin4 cyun4 nin4 jing4 lei6
今年全年盈利

gou1 gwo3 gau6 nin2 baak3 fan6 zi1 sap6 ji6
高過舊年百分之十二。

Ngo5 dei6 fan1 dim3 gam1 nin4 baat3 jyut6 zou6 gwo3
我哋分店今年八月做過

gan6 ng5 nin4 daan1 jat6 zeoi3 gou1 jing4 lei6 gei3 luk6
近五年單日最高盈利記錄。

Bat1 gwo3 ji6 saam1 jyut6 jing4 lei6 zang1 coeng4 dak1 bei2 gaau3 maan6
不過二、三月盈利增長得比較慢，

ngo5 dei6 jin4 gau3 gan2 jyun4 jan1
我哋研究緊原因。

Ngo5 dei6 wui5 hoeng3 zung2 gung1 si1 tai4 gaau1 syu1 min6 bou3 gou3
我哋會向總公司提交書面報告。

Mei6 loi4 jat1 nin4 ngo5 dei6 hei1 mong6 hoi1 faat3
未來一年我哋希望開發

hang4 zing3 ng5 caan1
「行政午餐」

jing4 hap6 Zung1 Waan4 keoi1 gu3 haak3 ge3 seoi1 jiu3
迎合中環區顧客嘅需要。

Ngo5 dei6 ji5 ging1 cou2 ji5 hou2 gai3 waak6 syu1
我哋已經草擬好計劃書，

haa6 sing1 kei4 wui2 cing4 gaau1 zung2 gung1 si1 sam2 pai1
下星期會呈交總公司審批。

302.mp3

## 2. 向上級匯報情況

hoeng3 soeng6 kap1 wui6 bou3 cing4 fong3

**李大包**

M4 goi1 Wong1 ging1 lei5
唔該汪經理。

Gan1 zyu6 ngo5 dei6 cing2 gei1 coeng4 fan1 dim3 ge3 Dung2 ging1 lei5
跟住我哋請機場分店嘅董經理

gong2 gong2 gei1 coeng4 fan1 dim3 ge3 jip6 zik1 tung4 faat3 zin2
講講機場分店嘅業績同發展。

**董經理**

Hou2 gei1 coeng4 ge3 jip6 zik1 bei2 gaau3 wan2 ding6
好，機場嘅業績比較穩定。

Ngo5 dei6 fan1 dim3 ceoi4 zo2 fuk6 mou6 bun2 dei6 geoi1 man4 zi1 ngoi6
我哋分店除咗服務本地居民之外，

jik6 dou1 bun2 zyu6 fuk6 mou6 dou3 Gong2 tung4 lei4 Gong2 leoi5 haak3
亦都本住服務到港同離港旅客，

wai4 keoi5 dei6 tai4 gung1 bun2 dei6 mei5 sik6
為佢哋提供本地美食。

Ngo5 dei6 hei1 mong6 leoi5 haak3 jat1 dou3 Hoeng1 Gong2
我哋希望旅客一到香港

zau6 ho2 ji5 hoeng2 sau6 dei6 dou6 mei5 sik6
就可以享受地道美食，

jik6 dou1 hei1 mong6 keoi5 dei6 lei4 hoi1 Hoeng1 Gong2 ge3 si4 hau6
亦都希望佢哋離開香港嘅時候

hou2 hou2 sik6 jat1 caan1 lau4 dai1 mei5 hou2 ge3 wui4 jik1
好好食一餐，留低美好嘅回憶。

**李大包**

Hou2 hou2 hei1 mong6 ngo5 dei6 ge3 caan1 jam2 ban2 paai4
好好，希望我哋嘅餐飲品牌

ho2 ji5 sing4 wai4 nang4 gau3 doi6 biu2 Hoeng1 Gong2 ge3 ban2 paai4
可以成為能夠代表香港嘅品牌，

jik6 dou1 hei1 mong6 ho2 ji5 zoeng3 Hoeng1 Gong2 ge3 mei5 sik6
亦都希望可以將香港嘅美食

daai3 dou1 sai3 gaai3 gok3 dei6
帶到世界各地。

**董經理**

Ngo5 jiu3 bou3 gou3 jat1 haa5
我要報告一下，

ngo5 dei6 zeoi3 gan6 zip3 dou3 jat1 di1 tau4 sou3
我哋最近接到一啲投訴。

jau5 loeng5 leoi6 tau4 sou3 dai6 jat1 leoi6 hai6
有兩類投訴：第一類係

ngo5 dei6 fan1 dim3 ge3 sik6 mat6 zung2 leoi6 m4 do1
我哋分店嘅食物種類唔多，

pei3 jyu4 sik6 zaai1 ge3 jan4 mou5 mat1 syun2 zaak6
譬如食齋嘅人冇乜選擇。

Dai6 ji6 leoi6 tau4 sou3 hai6 gwaan1 jyu1 ding6 gaa3
第二類投訴係關於定價，

jau5 tau4 sou3 waa6 tung4 jat1 zung2 sik6 mat6
有投訴話同一種食物

gei1 coeng4 fan1 dim3 ge3 gaa3 cin2 bei2 kei4 taa1 fan1 dim3 gwai3
機場分店嘅價錢比其他分店貴，

jik6 dou1 jau5 jan4 tau4 sou3 ngo5 dei6 sik6 mat6 mat6 fei1 so2 zik6
亦都有人投訴我哋食物物非所值，

sing3 gaa3 bei2 m4 gou1
性價比唔高。

Ngo5 tung4 ngo5 ge3 tung4 si6 ji4 gaa1 jin4 gau3 gan2
我同我嘅同事而家研究緊

san1 ge3 coi3 sik1
新嘅菜式，

hei1 mong6 ho2 ji5 mun5 zuk1 dou3 leoi5 haak3 m4 tung4 ge3 seoi1 jiu3
希望可以滿足到旅客唔同嘅需要。

Ngo5 dei6 faat3 zin2 san1 coi3 sik1 dou1 jau5 m4 siu2 haan6 zai3
我哋發展新菜式都有唔少限制，

pei3 jyu4 cyu4 si1 jan4 sau2 tung4 dim3 pou1 ge3 daai6 siu2
譬如廚師人手同店鋪嘅大小

dou1 haan6 zai3 zo2 ho2 ji5 tai4 gung1 ge3 coi3 sik1
都限制咗可以提供嘅菜式。

**李大包**

M4 gan2 jiu3 ceng2 Dung2 ging1 lei5 zoeng3 tau4 sou3 bou3 gou3
唔緊要，請董經理將投訴報告

gaau1 bei2 ngo5 tung4 se2 jat1 fan6 gai3 waak6 syu1
交俾我同寫一份計劃書，

ngo5 wui5 cing4 gaau1 dou3 zung2 gung1 si1 zoi3 hoi1 wui2 soeng1 tou2
我會呈交到總公司再開會商討。

Zi3 jyu1 dai6 ji6 leoi6 tau4 sou3 ngo5 wui5 hoeng3 zung2 gung1 si1
至於第二類投訴，我會向總公司

tai4 ceot1 zou6 jat1 go3 si5 coeng4 gaa3 gaak3 diu6 caa4
提出做一個市場價格調查，

diu6 caa4 haa6 ngo5 dei6 gei1 coeng4 fan1 dim3 ge3 ding6 gaa3
調查下我哋機場分店嘅定價

hai6 m4 hai6 gou1 gwo3 kei4 taa1 fan1 dim3 taai3 do1
係唔係高過其他分店太多，

tung4 zou6 jat1 go3 tung4 leoi6 ban2 paai4 ge3 gaa3 gaak3 diu6 caa4
同做一個同類品牌嘅價格調查，

tai2 haa6 ngo5 dei6 hai2 gaa3 gaak3 soeng6
睇下我哋喺價格上

wui2 m4 wui2 gou1 gwo3 ngo5 dei6 ge3 deoi3 sau2 hou2 do1
會唔會高過我哋嘅對手好多。

Zi1 hau6 ngo5 dei6 zoi3 gan1 geoi3 ni1 di1 sou3 geoi3
之後我哋再根據呢啲數據

tou2 leon6 haa5 jat1 bou6 ge3 caak3 loek6
討論下一步嘅策略。

**董經理**
M4 goi1 saai2
唔該晒，Harry。

Ngo5 dei6 wui5 ziu3 nei5 ge3 gin3 ji5 zou6
我哋會照你嘅建議做。

tou2 leon6 jyu4 ho4 cyu3 lei5 tau4 sou3
## 3. 討論如何處理投訴

303.mp3

**李大包**

Ji4 gaa1 ceng2 Wong6 Gok3 fan1 dim3 ge3 Wong4 ging1 lei5
而家請旺角分店嘅黃經理

bou3 gou3 jat1 haa5
報告一下。

**黃經理**

ngo5 bou3 gou3 jip6 zik1 zi1 cin4 soeng2 bou3 gou3
Harry，我報告業績之前想報告

soeng6 sing1 kei4 faat3 saang1 ge3 jat1 gin6 si6
上星期發生嘅一件事。

Jau5 haak3 jan4 sik6 jyun4 faan6 zi1 hau6
有客人食完飯之後

gok3 dak1 tou5 tung3 m4 syu1 fuk6 keoi5 tai2 ji1 saang1 zi1 hau6
覺得肚痛唔舒服，佢睇醫生之後

fat1 jin4 daa2 din6 waa6 lai4 waa6 jiu3 ngo5 dei6 pui4 soeng4
忽然打電話嚟話要我哋賠償，

jyu4 gwo2 ngo5 dei6 m4 pui4
如果我哋唔賠，

keoi5 waa6 wui5 gou3 soeng5 sik6 waan4 cyu3
佢話會告上食環署。

**李大包**

Nei5 ho2 m4 ho2 ji5 coeng4 sai3 di1 gong2 haa5
你可唔可以詳細啲講下

si6 gin6 ging1 gwo3 bei2 ngo5 dei6 zi1
事件經過俾我哋知？

Kei4 taa1 fan1 dim3 dou1 ho2 ji5 bei2 di1 gin3 ji5
其他分店都可以俾啲建議。

**黃經理**

Ni1 wai2 haak3 jan4 soeng6 sing1 kei4 luk6 lai4 sik6 je5
呢位客人上星期六嚟食嘢，

keoi5 sik6 jyun4 je5 zi1 hau6 hai2 pou1 tau4 daai6 giu3 tou5 tung3
佢食完嘢之後喺鋪頭大叫肚痛，

keoi5 waa6 keoi5 gok3 dak1 hou2 m4 syu1 fuk6
佢話佢覺得好唔舒服，

ngo5 dei6 zau6 giu3 baak6 ce1 sung3 zo2 keoi5 heoi3 ji1 jyun2
我哋就叫白車送咗佢去醫院。

Loeng5 jat6 zi1 hau6 keoi5 daa2 din6 waa6 lai4 waa6 jiu3 pui4 soeng4
兩日之後佢打電話嚟話要賠償，

jyu4 gwo2 m4 pui4 keoi5 zau6 gou3 soeng5 sik6 waan4 cyu3
如果唔賠佢就告上食環署，

ngo5 dei6 dou1 m4 zi1 dim2 zou6
我哋都唔知點做。

**李大包**

Sau2 sin1 ngo5 soeng2 zi1 dou6
首先我想知道

hai6 m4 hai6 ngo5 dei6 ge3 sik6 mat6 ceot1 man6 tai4
係唔係我哋嘅食物出問題？

**黃經理**

Jing3 goi1 m4 wui5 ngo5 dei6 fan1 dim3 so2 jau5 cyu4 si1
應該唔會，我哋分店所有廚師

tung4 lau4 min6 jyun4 gung1 dou1 gan1 zuk1 zung2 gung1 si1 zi2 jan5
同樓面員工都跟足總公司指引，

hai2 cyu3 lei5 sik6 coi4 sung3 caan1 gwo3 cing4
喺處理食材、送餐過程

dou1 gan1 zuk1 wai6 saang1 zi2 jan5
都跟足衛生指引。

**董經理**

Wui5 m4 wui5 hai6 sik6 coi4 m4 san1 sin1
會唔會係食材唔新鮮，

waak6 ze2 jau5 sik6 mat6 gwo3 kei4
或者有食物過期？

**黃經理**
Hang2 ding6 m4 wui5 ngo5 dei6 jung6 ge3 sik6 coi4 gung1 jing3 soeng1
肯定唔會，我哋用嘅食材供應商
tung4 kei4 taa1 fan1 dim3 jat1 joeng6
同其他分店一樣，
dou1 hai6 zung2 gung1 si1 zi2 ding6 ge3 gung1 jing3 soeng1
都係總公司指定嘅供應商。
Dong1 jat6 kei4 taa1 haak3 jan4 dou1 mou5 man6 tai4
當日其他客人都冇問題。

**李大包**
Jyu4 gwo2 hang2 ding6 m4 hai6 ngo5 dei6 ge3 sik6 mat6
如果肯定唔係我哋嘅食物
waak6 ze2 wai6 saang1 waan4 ging2 ceot1 man6 tai4
或者衛生環境出問題，
dou1 m4 sai2 geng1 keoi5 gou3 sik6 waan4
都唔使驚佢告食環。
Bat1 gwo3 ngo5 dei6 dou1 m4 soeng2 jing2 hoeng2 ngo5 dei6 ge3 jing4 zoeng6
不過我哋都唔想影響我哋嘅形象，
keoi5 jiu1 kau4 gei2 do1 pui4 soeng4
佢要求幾多賠償？

**黃經理**
Keoi5 jiu3 ngo5 dei6 pui4 sap6 maan6
佢要我哋賠十萬。

**汪經理**
Baai2 ming4 hai6 wat1 ming4 coeng2
擺明係屈，明搶。
M4 pui4 jau6 ging1 bei6 keoi5 coeng3 seoi1
唔賠又驚俾佢唱衰。

**董經理**
M4 hai6 gei2 do1 cin2 ge3 man6 tai4
唔係幾多錢嘅問題，

hai6 jyun4 zak1 man6 tai4
係原則問題……

**李大包**

Wong4 ging1 lei5, ngo5 seoi1 jiu3 zoeng3 ni1 gin6 si6
黃經理，我需要將呢件事

bou3 gou3 bei2 zung2 gung1 si1 zi1. Zung2 gung1 si1
報告俾總公司知。總公司

wui5 hang4 loeng6 lei6 hoi6 tung4 cam4 kau4 faat3 leot6 ji3 gin3.
會衡量利害同尋求法律意見。

Haak3 jan4 jau5 mou5 lau4 dai1 lyun4 lok3 baan6 faat3
客人有冇留低聯絡辦法

tung4 kei4 taa1 zi1 liu2?
同其他資料？

Jyu4 gwo2 jau5 cing2 Wong4 ging1 lei5 bei2 jat1 bei2 ngo5.
如果有請黃經理俾一俾我。

**黃經理**

Ngo5 dei6 jau5 gei3 dai1 haak3 jan4 ge3 lyun4 lok3 zi1 liu2,
我地有記低客人嘅聯絡資料，

ngo5 wui5 lin4 tung4 si6 gin6 bou3 gou3 cing4 gaau1 zung2 gung1 si1.
我會連同事件報告呈交總公司。

## II. 實用詞彙

304.mp3

|  |  |
| --- | --- |
| 投資 | tau4 zi1 |
| 連鎖餐廳 | lin4 so2 caan1 teng1 |
| 品牌 | ban2 paai4 |
| 代表 | doi6 biu2 |
| 總公司 | zung2 gung1 si1 |
| 分店經理 | fan1 dim3 ging1 lei5 |
| 開會 | hoi1 wui2 |
| 議程 | ji5 cing4 |
| 新加入 | san1 gaa1 jap6 |
| 業績 | jip6 zik1 |
| 來年計劃 | loi4 nin4 gai3 waak6 |
| 發展 | faat3 zin2 |
| 從事 | cung4 si6 |
| 餐飲業 | caan1 jam2 jip6 |
| 負責 | fu6 zaak3 |
| 開幕 | hoi1 mok6 |
| 通力合作 | tung1 lik6 hap6 zok3 |
| 擴展 | kwong3 zin2 |
| 盈利 | jing4 lei6 |

| 上升 | soeng6 sing1 |
|---|---|
| 百分之十二 | baak3 fan6 zi1 sap6 ji6 |
| 單日最高盈利記錄 | daan1 jat6 zeoi3 gou1 jing4 lei6 gei3 luk6 |
| 增長 | zang1 zoeng2 |
| 研究 | jin4 gau3 |
| 提交 | tai4 gaau1 |
| 書面報告 | syu1 min2 bou3 gou3 |
| 行政午餐 | hang4 zing3 ng5 caan1 |
| 草擬 | cou2 ji5 |
| 呈交 | cing4 gaau1 |
| 審批 | sam2 pai1 |
| 穩定 | wan2 ding6 |
| 本地居民 | bun2 dei6 geoi1 man4 |
| 離港旅客 | lei4 gong2 leoi5 haak3 |
| 提供 | tai4 gung1 |
| 投訴 | tau4 sou3 |
| 種類 | zung2 leoi6 |
| 選擇 | syun2 zaak6 |
| 定價 | ding6 gaa3 |

| 價錢 | gaa$^{3}$ cin$^{4}$ |
|---|---|
| 物非所值 | mat$^{6}$ fei$^{1}$ so$^{2}$ zik$^{6}$ |
| 性價比 | sing$^{3}$ gaa$^{3}$ bei$^{2}$ |
| 菜式 | coi$^{3}$ sik$^{1}$ |
| 滿足 | mun$^{5}$ zuk$^{1}$ |
| 限制 | haan$^{6}$ zai$^{3}$ |
| 計劃書 | gai$^{3}$ waak$^{6}$ syu$^{1}$ |
| 商討 | soeng$^{1}$ tou$^{2}$ |
| 市場價格調查 | si$^{5}$ coeng$^{4}$ gaa$^{3}$ gaak$^{3}$ diu$^{6}$/tiu$^{4}$ caa$^{4}$ |
| 同類品牌 | tung$^{4}$ leoi$^{6}$ ban$^{2}$ paai$^{4}$ |
| 對手 | deoi$^{3}$ sau$^{2}$ |
| 根據 | gan$^{1}$ geoi$^{3}$ |
| 數據 | sou$^{3}$ geoi$^{3}$ |
| 策略 | caak$^{3}$ loek$^{6}$ |
| 賠償 | pui$^{4}$ soeng$^{4}$ |
| 食環署（食環） | sik$^{6}$ waan$^{4}$ cyu$^{5}$ (sik$^{6}$ waan$^{4}$) |
| 詳細 | coeng$^{4}$ sai$^{3}$ |
| 事件經過 | si$^{6}$ gin$^{2}$ ging$^{1}$ gwo$^{3}$ |
| 建議 | gin$^{3}$ ji$^{5}$ |
| 樓面員工 | lau$^{4}$ min$^{6}$ jun$^{4}$ gung$^{1}$ |

| 公司指引 | gung1 si1 zi2 jan5 |
|---|---|
| 處理食材 | cyu5 lei5 sik6 coi4 |
| 送餐過程 | sung3 caan1 gwo3 cing4 |
| 衛生指引 | wai6 sang1 zi2 jan5 |
| 供應商 | gung1 jing3 soeng1 |
| 指定 | zi2 ding6 |
| 影響 | jing2 hoeng2 |
| 形象 | jing4 zoeng6 |
| 要求 | jiu1 kau4 |
| 賠償 | pui4 soeng4 |
| 原則問題 | jun4 zak1 man6 tai4 |
| 衡量 | hang4 loeng4 |
| 利害 | lei6 hoi6 |
| 尋求法律意見 | cam4 kau4 faat3 leot6 ji3 gin3 |
| 記低 | gei3 dai1 |
| 聯絡資料 | lyun4 lok3 zi1 liu6/liu2 |
| 連同 | lin4 tung4 |
| 事件報告 | si6 gin2 bou3 gou3 |

## III. 活用短句

### 1. 上司下屬交談、匯報

soeng6 si1 haa6 suk6 gaau1 taam4 wui6 bou3
上司下屬交談、匯報

| | |
|---|---|
| 下： | Cing2 man6 nei5 seoi1 jiu3 ngo5 zou6 mat1 je5<br>請問你需要我做乜嘢？ |
| 上： | M4 goi1 nei5 ngon1 paai4 jat1 haa5, haa6 sing1 kei4 hoi1 wui2.<br>唔該你安排一下，下星期開會。 |
| 上： | M4 goi1 nei5 zeon2 bei6 hou2 ne1 di1 man4 gin6,<br>唔該你準備好呢啲文件，<br>ngo5 dei6 haa6 sing1 kei4 hoi1 wui2 jiu3 jung6.<br>我哋下星期開會要用。 |
| 上： | Bong1 ngo5 ceoi1 jat1 ceoi1……<br>幫我催一催……<br>giu3 keoi5 dei6 faai3 di1 gaau1 bei2 ngo5.<br>叫佢哋快啲交俾我。 |
| 下： | Jau5 gin6 si6 soeng2 man6 nei5 ji3 gin3.<br>有件事想問你意見。 |
| 下： | Cing2 man6 ngo5 jing3 goi1 wan2 bin1 go3 ne1?<br>請問我應該搵邊個呢？ |
| 下： | Cing2 man6 bin1 go3 jau5 ne1 di1 zi1 liu2 ne1?<br>請問邊個有呢啲資料呢？ |

| | |
|---|---|
| | Nei5 ho2 ji5 man6 tau4 zi1 bou6 |
| 上： | 你可以問投資部。 |
| | Nei5 man6 ngo5 bei3 syu1 keoi5 jing3 goi1 zi1 dou6 |
| 上： | 你問我秘書，佢應該知道。 |
| | Nei5 tung4 jan4 lik6 zi1 jyun4 bou6 lyun4 lok3 jat1 haa5 |
| 上： | 你同人力資源部聯絡一下。 |
| | Nei5 gok3 dak1 bin1 go3 wui5 zi1 dou6 ne1 |
| 上： | 你覺得邊個會知道呢？ |

| | |
|---|---|
| | Ho2 m4 ho2 ji5 bong1 ngo5 ngon1 paai4 jat1 haa5 |
| 上： | 可唔可以幫我安排一下？ |
| | M4 goi1 bong1 ngo5 ceoi1 haa5 keoi5 laa1 |
| 上： | 唔該幫我催下佢啦！ |
| | Ting3 jat6 jiu3 jung6 ge3 bou3 gou3 zeon2 bei6 hou2 mei6 ne1 |
| 上： | 聽日要用嘅報告準備好未呢？ |
| | Ji5 ging1 zeon2 bei6 hou2 saai3 laa3 |
| 下： | 已經準備好晒喇。 |
| | Zung6 jiu3 bun3 jat6 si4 gaan3 |
| 下： | 仲要半日時間。 |
| | Nei5 ho2 m4 ho2 ji5 zou6 jat1 fan6 gai3 waak6 syu1 aa3 |
| 上： | 你可唔可以做一份計劃書呀？ |
| | Zi1 dou6 |
| 下： | 知道。 |

| | |
|---|---|
| 下 ： | Mou5 man6 tai4, seoi1 jiu3 siu2 siu2 si4 gaan3<br>冇問題，需要少少時間。<br>Bei2 jat1 go3 sing1 kei4 si4 gaan1 ngo5 dei6 ho2 ji5 maa3<br>俾一個星期時間我哋可以嗎？ |
| 下 ： | Deoi3 m4 zyu6, ngo5 ji4 gaa1 gon2 gan2 jat1 fan6 bou3 gou3<br>對唔住，我而家趕緊一份報告，<br>ho2 m4 ho2 ji5 jat1 go3 sing1 kei4 zi1 hau6<br>可唔可以一個星期之後<br>gaau1 bei2 nei5 aa3<br>交俾你呀？ |
| 下 ： | M4 hou2 ji3 si1, ngo5 dei6 ni1 zou2 ni1 go3 jyut6<br>唔好意思，我哋呢組呢個月<br>bei2 gaau3 mong4, ho2 m4 ho2 ji5 ceng2 kei4 taa1 zou2<br>比較忙，可唔可以請其他組／<br>kei4 taa1 tung4 si6 bong1 sau2 aa3<br>其他同事幫手呀？ |

| | | |
|---|---|---|
| | | Ngo5 soeng2 bou3 gou3 jat1 haa6 |
| 下 | ： | 我想報告一下。 |
| | | Ngo5 dei6 bou6 mun4 jau5 jat1 go3 hou2 siu1 sik1 soeng2 bou3 gou3 jat1 haa5 |
| 下 | ： | 我哋部門有一個好消息想報告一下。 |
| | | Ngo5 soeng2 bou3 gou3 ngo5 dei6 bou6 mun4 gam1 nin4 ge3 jip6 zik1 |
| 下 | ： | 我想報告我哋部門今年嘅業績。 |
| | | Dang2 ngo5 bou3 gou3 jat1 haa5 soeng6 ci3 tung4 haak3 wu6 hoi1 wui2 ge3 git3 gwo2 |
| 下 | ： | 等我報告一下上次同客戶開會嘅結果。 |
| | | Ngo5 soeng2 gong2 haa5 ni1 go3 gai3 waak6 ge3 zeon3 dou6 |
| 下 | ： | 我想講下呢個計劃嘅進度。 |

## 2. 說明市場業務範圍

syut3 ming4 si5 coeng4 jip6 mou6 faan6 wai4

Cing2man6 nei5 dei6gung1 si1 hai6 zou6 mat1 je5 saang1 ji3 ge3 ne1
請問你哋公司係做乜嘢生意嘅呢？

Ngo5 dei6 doi6 lei5 hei3 ce1 ling4 gin6
我哋代理汽車零件。

Ngo5 dei6 zou6 ceot1 jap6 hau2saang1 ji3
我哋做出入口生意。

Ngo5 dei6 ging1 jing4 mong5soeng5kau3 mat6 ping4 toi4
我哋經營網上購物平台。

Nei5 dei6 zyu2 jiu3 ge3 caan2ban2 hai6 mat1 je5 ne1
你哋主要嘅產品係乜嘢呢？

Ngo5 dei6 jap6 hau2ngau1zau1 ceot1meng4ge3 si4 zong1ban2 paai4
我哋入口歐洲出名嘅時裝品牌。

Ngo5 dei6saang1caan2baan6gung1sat1jung6ban2
我哋生產辦公室用品。

Nei5 dei6gung1 si1 tai4 gung1mat1 je5 fuk6 mou6 ne1
你哋公司提供乜嘢服務呢？

Ngo5 dei6 tai4 gung1zung1siu2 kei5 jip6 taai3 fun2 fuk6 mou6
我哋提供中小企業貸款服務。

Ngo5 dei6 bou6mun4 tai4 gung1hei3 ce1 bou2joeng5tung4wai4 sau1 fuk6 mou6
我哋部門提供汽車保養同維修服務。

## seon1 man6 ging1 jing4 zong6 fong3<br>3. 詢問經營狀況

Nei5 dei6 gung1 si1 ge3 coi4 mou6 zong6 fong3 dim2 ne1<br>你哋公司嘅財務狀況點呢？

Ngo5 dei6 gung1 si1 gam1 nin4 jing4 lei6 soeng6 sing1 zo2 loeng5 sing4<br>我哋公司今年盈利上升咗兩成。

Ngo5 dei6 ji4 gaa1 cyu3 jyu1 kwai1 sik6 zong6 taai3<br>我哋而家處於虧蝕狀態。

Ngo5 dei6 ni1 gei2 nin4 dou1 jau5 se1 mei4 jing4 lei6<br>我哋呢幾年都有些微盈利。

Ngo5 dei6 gam1 nin4 coi4 zing3 ceot1 jin6 cek3 zi6<br>我哋今年財政出現赤字。

Cing2 nei5 gong2 haa5 ni1 go3 gai3 waak6 ge3 jyu6 gai3 sau1 jik1<br>請你講下呢個計劃嘅預計收益。

Ngo5 dei6 jyu6 gai3 ge3 mui5 nin4 sau1 jik1<br>我哋預計嘅每年收益<br>hai6 tau4 zi1 ngaak6 ge3 baak3 fan6 zi1 baat3<br>係投資額嘅百分之八。

Jyu6 gai3 gai3 waak6 ge3 dai6 saam1 nin4 hoi1 ci2 jau5 jing4 lei6<br>預計計劃嘅第三年開始有盈利，<br>jyu6 gai3 jing4 lei6 jing3 goi1 wui5 zuk6 nin4 zang1 gaa1<br>預計盈利應該會逐年增加。

Hai2 san1 caan2ban2 hoi1 faat3soeng6
喺新產品開發上，

nei5 dei6gung1 si1 daa2syun3tau4 zi1 gei2 do1 cin4 ne1
你哋公司打算投資幾多錢呢？

Ngo5 dei6 daa2syun3tau4 zi1 baat3 cin1maan6
我哋打算投資八千萬。

Ngo5 dei6 daa2syun3zoeng3gung1si1 leoi6 zik1 jing4 lei6 ge3
我哋打算將公司累積盈利嘅

baak3fan6 zi1 ji6 sap6 tau4 zi1 hai2 san1caan2ban2 hoi1 faat3soeng6
百分之二十投資喺新產品開發上。

Cing2 nei5 bou3 gou3 jat1 haa5 gam1 nin4 gung1 si1 ge3 jing4 lei6
請你報告一下今年公司嘅盈利

tung4 coi4 mou6zong6fong3
同財務狀況。

Gam1 nin4 gung1 si1 jau5 jat1 cin1 maan6 jing4 lei6
今年公司有一千萬盈利。

Dang2ngo5coeng4sai3bou3gou3 jat1 haa5
等我詳細報告一下……

Gam1 nin4 jau5 ji6 baak3maan6ge3 kwai1 sik6
今年有二百萬嘅虧蝕。

# ling[4] sau[6] jip[6] pin[1]<br>零售業篇

# I. 職場情境會話

saang1 caan2 ngon1 paai4
## 1. 生產安排

Lei5 Daai6 Baau1 tung4 keoi5 gung1 si1 kei4 haa6 jat1 go3 si4 zong1 ban2 paai4
李大包同佢公司旗下一個時裝品牌
ge3 ging1 lei5 hoi1 wui2
嘅經理開會。

**李大包**

Gan1 geoi3 gung1 si1 ge3 si5 coeng4 diu6 caa4 bou6 tung2 gai3
根據公司嘅市場調查部統計，
gau6 nin2 ge3 siu1 sau6 ngaak6 daai6 fuk1 soeng6 sing1
舊年嘅銷售額大幅上升，
ciu1 ceot1 ngo5 dei6 ge3 gu2 gai3
超出我哋嘅估計。
On3 ji5 wong5 jip6 zik1 gu2 gai3 san1 nin4 zi1 hau6
按以往業績估計，新年之後
tung4 nung4 lik6 ceon1 zit3 hai6 jat1 go3 siu1 sau6 gou1 fung1 kei4
同農曆春節係一個銷售高峰期，
gam1 nin4 dai6 jat1 gwai3 dou6 jat1 ding6 jiu3 zang1 gaa1 saang1 caan2
今年第一季度一定要增加生產
sin1 zi3 nang4 gau3 mun5 zuk1 si5 coeng4 ge3 seoi1 kau4
先至能夠滿足市場嘅需求。
Gok3 fan1 dim3 tung4 fan1 siu1 dim3 sung3 dou3
各分店同分銷店送到

**陸經理**

zung2 gung1 si1 ge3 deng6 daan1 sou3 loeng6
總公司嘅訂單數量

ji5 ging1 ciu1 ceot1 soeng6 nin2 tung4 kei4 ge3 sou3 muk6
已經超出上年同期嘅數目。

Ne1 go3 jan3 zing3 zo2 seoi1 kau4 soeng6 sing1 ge3 jyu6 caak1
呢個印證咗需求上升嘅預測。

Ngo5 dei6 ge3 ban2 paai4 hai6 jat1 go3
我哋嘅品牌係一個

zi6 gaa1 cit3 gai3 ge3 ban2 paai4
自家設計嘅品牌。

Cit3 gai3 soeng6 jau5 jat1 gun3 ge3 fung1 gaak3
設計上有一貫嘅風格。

Gan1 geoi3 siu1 sau6 bou3 gou3 ngo5 dei6 ho2 ji5 tai2 dou2
根據銷售報告，我哋可以睇到

m4 tung4 leoi6 jing4 fuk6 zong1 ge3 siu1 sau6
唔同類型服裝嘅銷售

jau5 m4 tung4 ge3 siu1 sau6 zang1 zoeng2
有唔同嘅銷售增長。

Go2 di1 cit3 gai3 bei2 gaau3 zing3 sik1 bei2 gaau3 cyun4 tung2 ge3
嗰啲設計比較正式比較傳統嘅

fuk6 zong1 siu1 sau6 ngaak6 bei2 gaau3 gu3 ding6
服裝，銷售額比較固定。

Zang1 zoeng2 dak1 bei2 gaau3 faai3 ge3 kei4 sat6 hai6 jau1 haan4 fuk6
增長得比較快嘅其實係休閒服，

gaa1 soeng5 zeoi3 gan6 ngo5 dei6 zou6 zo2 jat1 go3
加上最近我哋做咗一個

cing1 siu2 nin4 siu1 fai3 mou4 sik1 diu6 caa4 bou3 gou3 hin2 si6
青少年消費模式調查，報告顯示

cing1 siu2 nin4 gan6 nin4 siu1 fai3 lik6 tai4 gou1
青少年近年消費力提高。

Ngo5 gin3 ji5 zang1 gaa1 jau1 haan4 hai6 lit6 ge3 caan2 loeng6
我建議增加休閒系列嘅產量。

**李大包**

Ni1 go3 gin3 ji5 hou2 hou2
呢個建議好好。

Ngo5 dei6 ge3 cit3 gai3 jyu6 lai4 jyu6 sing4 suk6
我哋嘅設計愈嚟愈成熟，

cit3 gai3 jau1 haan4 fuk6 jing3 goi1 mou5 naan4 dou6
設計休閒服應該冇難度。

**陸經理**

Cit3 gai3 fong1 min6 man6 tai4 m4 daai6
設計方面問題唔大。

Ngo5 gok3 dak1 jyu4 gwo2 jiu3 zang1 gaa1 daai6 loeng6 deng6 daan1
我覺得如果要增加大量訂單，

ngo5 dei6 jiu3 tung4 gung1 cong2 fong1 min6 hou2 hou2 kau1 tung1
我哋要同工廠方面好好溝通。

Jyu4 gwo2 jiu3 gung1 cong2 zik1 hak1 zang1 caan2
如果要工廠即刻增產，

keoi5 dei6 dou1 jiu3 zou6 di1 ngon1 paai4
佢哋都要做啲安排。

**李大包**

Cing2 nei5 tung4 gung1 cong2 kau1 tung1 jat1 haa5
請你同工廠溝通一下。

Si4 gaan3 zau6 hai6 gam1 cin2
時間就係金錢，

jyu4 gwo2 co3 gwo3 zo2 n1 go3 wong6 gwai3
如果錯過咗呢個旺季，

ngo5 dei6 ho2 nang4 jiu3 dang2 haa6 jat1 go3 nin4 dou6
我哋可能要等下一個年度。

**陸經理**

Hou2 ngo5 zik1 hak1 wan2 tung4 ngo5 dei6 hap6 zok3 hoi1 ge3
好，我即刻搵同我哋合作開嘅

gung1 cong2 Tung4 si4 ngo5 dou1 wan2 jat1 di1 hau6 bei6
工廠。同時我都搵一啲後備，

maan6 jat1 jau5 di1 gung1 cong2 m4 ho2 ji5 zik1 hak1 zang1 caan2
萬一有啲工廠唔可以即刻增產，

ngo5 dei6 dou1 jau5 bong1 sau2
我哋都有幫手。

## 2. 參觀工廠

Luk6 ging1 lei5 heoi3 si6 caat3 gung1 cong2 ge3 saang1 caan2 sin3
陸經理去視察工廠嘅生產線。

**廠長**

Fun1 jing4 Luk6 ging1 lei5 gwo3 lai4 sam1 gun1
歡迎陸經理過嚟參觀。

Ngo5 dei6 ge3 saang1 caan2 sin3 hai6 Gwong2 dung1 saang2
我哋嘅生產線係廣東省

zeoi3 sin1 zeon3 ge3 , gei1 hei3 hai6 Dak1 Gwok3 jan5 zeon3
最先進嘅，機器係德國引進。

Ngo5 dei6 saang1 caan2 sin3 ge3 dak6 dim2 hai6 haau6 leot6 gou1
我哋生產線嘅特點係效率高，

tung4 kei4 taa1 gung1 cong2 bei2 gaau3 , ngo5 dei6 ho2 ji5
同其他工廠比較，我哋可以

jung6 tung4 joeng6 ge3 jan4 sau2 hoi1 do1 loeng5 tiu4 saang1 caan2 sin3
用同樣嘅人手開多兩條生產線。

Ngo5 dei6 hai2 tai4 gou1 haau6 leot6 ge3 tung4 si4
我哋喺提高效率嘅同時

saang1 caan2 ban2 zat1 ho2 ji5 wai4 ci4 hai2 zeoi3 gou1 biu1 zeon2
生產品質可以維持喺最高標準。

**陸經理**

Gam3 zau6 hou2 laa1 ! Gung1 si1 kyut3 ding6 ngo5 dei6 ge3
咁就好喇！公司決定我哋嘅

si4 zong1 ban2 paai4 gam1 go3 gwai3 dou6 jiu3 zang1 gaa1 saang1 caan2
時裝品牌今個季度要增加生產。

Ngo5 dei6 hei1 mong6 caan2 loeng6 ho2 ji5 zang1 gaa1 zeoi3 siu2 jat1 pui5
我哋希望產量可以增加最少一倍。

Jyu4 gwo3 nei5 dei6 gung1 cong2 jau5 gam3 sin1 zeon3 ge3
如果你哋工廠有咁先進嘅

saang1 caan2 cit3 bei6 ngo5 dei6 zau6 fong3 sam1
生產設備，我哋就放心。

**廠長**

Zang1 gaa1 saang1 caan2 dong1 jin4 mou5 man6 tai4
增加生產當然冇問題。

Zi2 jiu3 nei5 zoeng3 deng6 fo3 loeng6 tung4 ceot1 fo3 si4 gaan3
只要你將訂貨量同出貨時間

bei2 ngo5 dei6 ngo5 dei6 zau6 ho2 ji5 ngon1 paai4
俾我哋，我哋就可以安排。

**陸經理**

Jan1 wai4 ngo5 dei6 soeng2 gon2 hai2 nung4 lik6 san1 nin4 cin4
因為我哋想趕喺農曆新年前

paai3 fo3 dou3 gok3 fan1 dim3
派貨到各分店，

jyu4 gwo2 ngo5 dei6 hei1 mong6 nung4 lik6 san1 nin4 cin4 gon2 gung1
如果我哋希望農曆新年前趕工，

m4 zi1 gung1 jan4 jan4 sau2 fong1 min6 jau5 mou5 man6 tai4 ne1
唔知工人人手方面有冇問題呢？

**廠長**

Dik1 kok3 jau5 di1 gung1 jan4 jan1 wai4 jiu3 gon2 ceon1 wan6
的確，有啲工人因為要趕春運

seoi1 jiu3 fong3 gaa3
需要放假。

Jyu4 gwo2 nei5 ho2 ji5 zou2 di1 lok6 deng6 daan1
如果你可以早啲落訂單，

ngo5 dei6 si3 haa5 zeon6 lik6 ngon1 paai4
我哋試下盡力安排。

Nei5 gei2 si4 ho2 ji5 kyut3 ding6 deng6 fo3 sou3 loeng6
你幾時可以決定訂貨數量

tung4 ceot1 fo3 jat6 kei4 ne1
同出貨日期呢？

**陸經理**

Ngo5 dei6 dang2 zung2 gung1 si1 pai1 hat6 haa6 go3 sing1 kei4
我哋等總公司批核，下個星期

zau6 ho2 ji5 kok3 ding6 fo3 loeng6 tung4 ceot1 fo3 jat6 kei4
就可以確定貨量同出貨日期。

Ngo5 dei6 hap6 zok3 zo2 gam3 noi6
我哋合作咗咁耐，

maan6 jat1 si4 gaan1 taai3 gon2 ngon1 paai4 m4 dou3
萬一時間太趕，安排唔到，

gei3 dak1 tung1 zi1 ngo5
記得通知我，

dang2 ngo5 dei6 ho2 ji5 jau5 loeng5 sau2 zeon2 bei6
等我哋可以有兩手準備。

Ne1 ci3 hai6 zung2 gung1 si1 lok6 ge3 o1 daa2
呢次係總公司落嘅柯打，

ngo5 dou1 m4 soeng2 me1 wok6 jik6 dou1 m4 soeng2 jing2 hoeng2
我都唔想孭鑊，亦都唔想影響

ngo5 dei6 tung4 nei5 dei6 coeng4 kei4 hap6 zok3 ge3 gwaan1 hai6
我哋同你哋長期合作嘅關係。

**廠長**

M4 sai2 daam1 sam1
唔使擔心，

ngo5 dei6 zou6 je5 hou2 jau5 gaau1 daai3 ge3
我哋做嘢好有交帶嘅，

m4 wui2 ling6 nei5 naan4 zou6
唔會令你難做。

**陸經理**

Gam3zau6 hou2 laa3
咁 就 好 喇 。

Ngo5 jat1hoeng3deoi3nei5 dei6 dou1 hou2 jau5 seon3sam1
我 一 向 對 你 哋 都 好 有 信 心 。

zang1 ceoi2 doi6 lei5 kyun4

### 3. 爭取代理權

Ngo5 dei6 jau5 jat1 go3 cung4 jiu3 haak3 jan4
我哋有一個重要客人

haa6 sing1 kei4 wui2 gwo3 lai4 Keoi5 ni1 ci3 wui2 tung4 ngo5 dei6
下星期會過嚟。佢呢次會同我哋

king1 jat1 go3 jau5 ming4 ge3 Hon4 Gwok3 si4 zong1 ban2 paai4
傾一個有名嘅韓國時裝品牌

hai2 Hoeng1 Gong2 ge3 doi6 lei5 kyun4
喺香港嘅代理權。

Ni1 go3 ban2 paai4 hou2 do1 ming4 sing1 dou1 zyu3 gan2
呢個品牌好多明星都着緊，

zeoi3 gan6 hou2 lau4 hang4
最近好流行。

Zung2 gung1 si1 hei1 mong6 ngo5 dei6 ho2 ji5 zang1 ceoi2 dou3 ni1 go3
總公司希望我哋可以爭取到呢個

ban2 paai4 ge3 Hoeng1 Gong2 tung4 Zung1 Waa4 keoi1 ge3 doi6 lei5
品牌嘅香港同中華區嘅代理。

Ngo5 dei6 ngon1 paai4 sing4 dim2 aa3
我哋安排成點呀？

**陸經理**

Dong1 jat6 zip3 gei1 tung4 dong1 maan5 sik6 faan6 ge3 caan1 teng1
當日接機同當晚食飯嘅餐廳

ji5 ging1 ngon1 paai4 hou2 Haak3 jan4 hai6 Hon4 gwok3 jan4
已經安排好。客人係韓國人

ngo5 gok3 dak1 keoi5 wui2 zung1 ji3 Zung1 Gwok3 ge3 baak6 zau2
我覺得佢會鍾意中國嘅白酒，

so2 ji5 dong1 maan5 ngo5 dei6 wui2 sik6 Zung1 coi3
所以當晚我哋會食中菜

tung4 keoi5 sai2 can4 Dai6 ji6 jat6 hang4 cing4
同佢洗塵。第二日行程，

keoi5 wui2 lai4 zung2 gung1 si1 tung4 daai6 lou5 sai3 gin3 min6
佢會嚟總公司同大老細見面。

Ngo5 dei6 siu1 sau6 bou6 ji5 ging1 zeon2 bei6 zo2 jat1 go3
我哋銷售部已經準備咗一個

si5 coeng4 teoi1 gwong2 gai3 waak6 wui2 syut3 ming4 ngo5 dei6
市場推廣計劃，會說明我哋

jyu4 gwo2 lo2 dou3 doi6 lei5 kyun4 zi1 hau6 ge3 siu1 sau6 caak3 loek6
如果攞到代理權之後嘅銷售策略。

**李大包**

Gei2 hou2 Tung4 haak3 jan4 syut3 ming4 siu1 sau6 gai3 waak6
幾好。同客人說明銷售計劃

hai6 fei1 soeng4 cung4 jiu3 ge3 jat1 bou6
係非常重要嘅一步，

nei5 dei6 bou6 mun4 jik6 dou1 ho2 ji5 ze3 ni1 go3 gei1 wui6
你哋部門亦都可以藉呢個機會

zin2 si6 gung1 si1 ge3 sat6 lik6
展示公司嘅實力

tung4 ne1 gei2 nin4 ge3 siu1 sau6 jip6 zik1
同呢幾年嘅銷售業績。

Ngo5 dei6 dong1 jin4 jiu3 jit6 cing4 ziu1 doi6 haak3 jan4
我哋當然要熱情招待客人，

bat1 gwo3 zou6 saang1 ji3 hai6 lei5 sing3 ge3 kyut3 ding6
不過做生意係理性嘅決定，

ceoi4 zo2 ling6 haak3 jan4 zung1 ji3 ngo5 dei6 gung1 si1 zi1 ngoi6
除咗令客人鍾意我哋公司之外

dou1 jiu3 ling6 keoi5 dei6 deoi3 gung1 si1 ge3 haau6 leot2
都要令佢哋對公司嘅效率、

caak3 loek6 dou1 cung1 mun5 seon3 sam1
策略都充滿信心，

ling6 keoi5 zi1 dou6 ngo5 dei6 jau5 zeoi3 hou2 ge3
令佢知道我哋有最好嘅

si5 coeng4 siu1 sau6 caak3 loek6 tung4 gou1 haau6 leot2 ge3
市場銷售策略同高效率嘅

siu1 sau6 tyun4 deoi6 jik6 dou1 hai6 sap6 fan1 cung4 jiu3
銷售團隊亦都係十分重要。

Ngo5 dei6 dou1 ho2 ji5 zin2 si6 gung1 si1
我哋都可以展示公司

zi6 gaa1 cit3 gai3 ge3 fuk6 zong1 ban2 paai4 gan6 gei2 nin4 ge3
自家設計嘅服裝品牌近幾年嘅

siu1 sau6 jing4 jip6 ngaak2
銷售營業額。

Ni1 di1 zi1 seon3 dou1 ho2 ji5 bong1 zo6 haak3 jan4
呢啲資訊都可以幫助客人

liu5 gaai2 gung1 si1 ge3 sat6 lik6
瞭解公司嘅實力

tung4 zang1 gaa1 keoi5 deoi3 gung1 si1 ge3 seon3 sam1
同增加佢對公司嘅信心。

**陸經理**

Ming4 baak6 ngo5 dei6 wui5 zeon5 lik6 ling6 haak3 jan4 liu5 gaai2
明白，我哋會盡力令客人瞭解

ngo5 dei6 siu1 sau6 tyun4 deoi6 ge3 zat1 sou3 tung4 jip6 zik1
我哋銷售團隊嘅質素同業績，

hei1 mong6 ho2 ji5 bong1 zo6 gung1 si1 zang1 ceoi2 dou2
希望可以幫助公司爭取到

ni1 go3 ban2 paai4 ge3 doi6 lei5 kyun4
呢個品牌嘅代理權。

## II. 實用詞彙

| 旗下 | kei4 haa6 |
| --- | --- |
| 時裝品牌 | si4 zong1 ban2 paai4 |
| 市場調查部 | si5 coeng4 tiu4 caa4 bou6 |
| 統計 | tung2 gai3 |
| 銷售額 | siu1 sau6 ngaak6 |
| 大幅上升 | daai6 fuk1 soeng6 sing1 |
| 超出 | ciu1 ceot1 |
| 估計 | gu2 gai3 |
| 銷售高峰期 | siu1 sau6 gou1 fung1 kei4 |
| 第一季度 | dai6 jat1 gwai3 dou6 |
| 增加生產 | zang1 gaa1 sang1 caan2 |
| 滿足市場需求 | mun5 zuk1 si5 coeng4 seoi1 kau4 |
| 分銷店 | fan1 siu1 dim3 |
| 訂單 | deng6 daan1 |
| 上年同期 | soeng6 nin2 tung4 kei4 |
| 印證 | jan3 zing3 |
| 需求 | seoi1 kau4 |

| 預測 | ju6 cak1 |
| --- | --- |
| 一貫風格 | jat1 gun3 fung1 gaak3 |
| 唔同類型 | m4 tung4 leoi6 jing4 |
| 銷售增長 | siu1 sau6 zang1 zoeng2 |
| 固定 | gu3 ding6 |
| 消費模式調查 | siu1 fai3 mou4 sik1 diu6/tiu4 caa4 |
| 消費力 | siu1 fai3 lik6 |
| 提高 | tai4 gou1 |
| 產量 | caan2 loeng4 |
| 工廠 | gung1 cong2 |
| 溝通 | kau1 tung1 |
| 增產 | zang1 caan2 |
| 旺季 | wong6 gwai3 |
| 後備 | hau6 bei6 |
| 生產線 | sang1 caan2 sin3 |
| 參觀 | caam1 gun1 |
| 最先進 | zeoi3 sin1 zeon3 |

| | |
|---|---|
| 引進 | jan5 zeon3 |
| 效率高 | haau6 leot2 gou1 |
| 生產品質 | sang1 caan2 ban2 zat1 |
| 生產設備 | sang1 caan2 cit3 bei6 |
| 訂貨量 | deng6 fo3 loeng4 |
| 出貨時間 | ceot1 fo3 si4 gaan3 |
| 派貨 | paai3 fo3 |
| 趕工 | gon2 gung1 |
| 春運 | ceon1 wan6 |
| 盡力 | zeon6 lik6 |
| 訂貨數量 | deng6 fo3 sou3 loeng4 |
| 批核 | pai1 hat6 |
| 萬一 | maan6 jat1 |
| 兩手準備 | loeng5 sau2 zeon2 bei6 |
| 柯打 | o1 daa2 |
| 孭鑊 | me1 wok6 |
| 長期合作關係 | coeng4 kei4 hap6 zok3 gwaan1 hai6 |
| 交帶 | gaau1 daai3 |

| 難做 | naan4 zou6 |
| --- | --- |
| 代理權 | doi6 lei5 kyun4 |
| 中華區 | Zung1 Waa4 keoi1 |
| 銷售 | siu1 sau6 |
| 市場推廣計劃 | si5 coeng4 teoi1 gwong2 gai3 waak6 |
| 銷售策略 | siu1 sau6 caak3 loek6 |
| 銷售計劃 | siu1 sau6 gai3 waak6 |
| 展示 | zin2 si6 |
| 實力 | sat6 lik6 |
| 效率 | haau6 leot2 |
| 高效 | gou1 haau6 |
| 銷售團隊 | siu1 sau6 tyun4 deoi2 |
| 營業額 | jing4 jip6 ngaak2 |
| 資訊 | zi1 seon3 |
| 質素 | zat1 sou3 |
| 爭取 | zang1 ceoi2 |

## III. 活用短句

### 1. 討論交貨期
tou2 leon6 gaau1 fo3 kei4

Cing2 man6 zeoi3 faai3 gaau1 fo3 kei4 hai6 gei2 si4 aa3
請問最快交貨期係幾時呀？

Ngo5 dei6 deng6 zo2 ge3 fo3 gei2 si4 ho2 ji5 gaau1 fo3 ne1
我哋訂咗嘅貨幾時可以交貨呢？

Gaau1 fo3 kei4 jiu3 gei2 noi6 ne1
交貨期要幾耐呢？

Gaau1 fo3 kei4 hai6 sap6 ji6 jyut6 jat1 hou6
交貨期係十二月一號。

Zeoi3 faai3 ge3 gaau1 fo3 kei4 hai6 haa6 sing1 kei4 sei3
最快嘅交貨期係下星期四。

M4 hou2 ji3 si1, ngo5 dei6 zung6 seoi1 jiu3 do1 jat1 go3 jyut6
唔好意思，我哋仲需要多一個月。

Gaau1 fo3 kei4 jiu3 saam1 go3 jyut6
交貨期要三個月。

| |
|---|
| Cing2 man6 ho2 m4 ho2 ji5 tai4 cin4 gaau1 fo3 ne1<br>請問可唔可以提前交貨呢？ |
| Ngo5 dei6 ho2 ji5 tai4 cin4 jat1 go3 sing1 kei4 gaau1 fo3<br>我哋可以提前一個星期交貨。 |
| M4 hou2 ji3 si1, ngo5 dei6 bei2 gaau3 mong4<br>唔好意思，我哋比較忙，<br>zi2 ho2 ji5 on3 hap6 joek3 kei4 gaau1 fo3<br>只可以按合約期交貨。 |
| Ngo5 dei6 jiu3 jin4 ci4 gaau1 fo3<br>我哋要延遲交貨。 |

gung1 cong2 haau2 caat3 sok3 ceoi2 joeng6 baan2

## 2. 工廠考察，索取樣辦

Nei5 dei6 jau5 gei2 do1 tiu4 saang1 caan2 sin3 aa3
你哋有幾多條生產線呀？

Ngo5 dei6 jau5 saam1 tiu4 saang1 caan2 sin3
我哋有三條生產線。

Saang1 caan2 sin3 jau5 mat1 je5 man6 tai4 ne1
生產線有乜嘢問題呢？

Kam4 jat6 ting4 din6 saang1 caan2 sin3 ting4 zo2 gung1
噖日停電，生產線停咗工。

Dim2 gaai2 soeng6 go3 sing1 kei4 ting4 gung1 ne1
點解上個星期停工呢？

Jan1 wai4 ting4 din6 so2 ji5 ting4 zo2 jat1 maan5
因為停電，所以停咗一晚。

Nei5 dei6 jau5 mou5 hau6 bei6 faat3 din6 gei1 aa3
你哋有冇後備發電機呀？

Ngo5 dei6 ji5 ging1 ngon1 zong1 zo2 hau6 bei6 faat3 din6 gei1
我哋已經安裝咗後備發電機。

Dim2 gaai2 ni1 gei2 go3 jyut6 caan2 loeng6 haa6 gong3 ge3 ne1
點解呢幾個月產量下降嘅呢？

Ngo5 dei6 zung6 wan2 gan2 jyun4 jan1
我哋仲搵緊原因。

| |
|---|
| Zyu2 jiu3 jyun4 jan1 hai6 gung1 jan4 jan4 sau2 bat1 zuk1<br>主 要 原 因 係 工 人 人 手 不 足 。 |
| Wun6 zo2 san1 gei1 hei3 zi1 hau6<br>換 咗 新 機 器 之 後 ，<br>caan2 loeng6 tai4 gou1 zo2 gei2 do1 ne1<br>產 量 提 高 咗 幾 多 呢 ？ |
| Wun6 zo2 san1 gei1 zi1 hau6<br>換 咗 新 機 之 後 ，<br>caan2 loeng6 tai4 gou1 zo2 baak3 fan6 zi1 ji6 sap6<br>產 量 提 高 咗 百 分 之 二 十 。 |
| Nei5 dei6 hai2 hoi2 ngoi6 zung6 jau5 mou5 gung1 cong2 aa3<br>你 哋 喺 海 外 仲 有 冇 工 廠 呀 ？ |
| Ngo5 dei6 hai2 Jyut6 Naam4 zung6 jau5 loeng5 go3 gung1 cong2<br>我 哋 喺 越 南 仲 有 兩 個 工 廠 。 |
| Ngo5 dei6 soeng2 deng6 ji6 sap6 go3 baan6<br>我 哋 想 訂 二 十 個 辦 。 |
| Ho2 m4 ho2 ji5 on3 ziu3 ngo5 dei6 bei2 nei5 ge3 cit3 gai3<br>可 唔 可 以 按 照 我 哋 俾 你 嘅 設 計<br>zou6 ji6 sap6 go3 joeng6 baan6 aa3<br>做 二 十 個 樣 辦 呀 ？ |

Ho² ji⁵ ngo⁵ dei⁶ wui² on³ ziu³ nei⁵ ge³ cit³ gai³ tou⁴
可 以 ， 我 哋 會 按 照 你 嘅 設 計 圖

zou⁶ ji⁶ sap⁶ go³ fo³ baan⁶
做 二 十 個 貨 辦 。

Cing² man⁶ jau⁵ mou⁵ min⁵ fai³ fo³ baan⁶ aa³
請 問 有 冇 免 費 貨 辦 呀 ？

Jau⁵ ngo⁵ dei⁶ ho² ji⁵ bei² loeng⁵ go³ fo³ baan⁶ nei⁵
有 ， 我 哋 可 以 俾 兩 個 貨 辦 你 。

Ngo⁵ dei⁶ mou⁵ min⁵ fai³ fo³ baan⁶ fo³ baan⁶ wui⁵ sau¹ ceoi²
我 哋 冇 免 費 貨 辦 ， 貨 辦 會 收 取

zai³ zok³ sing⁴ bun²
製 作 成 本 。

## 3. 討論產品質量、詢問進度、取消訂貨

tou2 leon6 caan2 ban2 zat1 loeng6
seon1 man6 zeon3 dou6 ceoi2 siu1 deng6 fo3

| |
|---|
| Caan2 ban2 zat1 loeng6 ho2 m4 ho2 ji5 zoi3 goi2 zeon3 haa5 ne1<br>產品質量可唔可以再改進下呢？ |
| Ban2 zat1 ho2 ji5 goi2 sin6<br>品質可以改善，<br>ngo5 dei6 hei1 mong6 zou6 dou3 gwai3 gung1 si1 mun5 ji3<br>我哋希望做到貴公司滿意。 |
| Ngo5 dei6 ji5 ging1 hai6 jip6 gaai3 zeoi3 hou2 ge3 laa3<br>我哋已經係業界最好嘅喇。<br>Ngo5 dei6 jau5 zat1 gim2 bou6 mun4<br>我哋有質檢部門，<br>ngo5 dei6 jat1 ding6 bei2 zeoi3 hou2 ge3 nei5 dei6<br>我哋一定俾最好嘅你哋。 |
| Saam1 jat6 noi6 jyun4 sing4 gau3 m4 gau3 si4 gaan1 aa3<br>三日內完成，夠唔夠時間呀？ |
| Ho2 m4 ho2 ji5 on3 si4 jyun4 sing4 ne1<br>可唔可以按時完成呢？ |
| Lou5 baan2 ting3 jat6 soeng2 jiu3 gon2 m4 gon2 dak1 dou3 aa3<br>老闆聽日想要，趕唔趕得到呀？ |
| Ho2 ji5 on3 si4 jyun4 sing4<br>可以按時完成。 |
| Ziu3 ji4 gaa1 ge3 zeon3 dou6 ho2 ji5 on3 si4 jyun4 sing4<br>照而家嘅進度，可以按時完成。 |

Jyu4 mou4 ji3 ngoi6 jing3 goi1 mou5 man6 tai4
如無意外，應該冇問題。

M4 dak1 aa3 ho2 m4 ho2 ji5 bei2 do1 jat1 go3 sing1 kei4 aa3
唔得呀，可唔可以俾多一個星期呀？

Gon2 m4 dou3 jiu3 ci4 jat1 jat6
趕唔到，要遲一日。

Bei2 jyu6 ding6 si4 gaan1 zou2 zo2 jat1 jat6
比預定時間早咗一日。

Dim2 gaai2 jiu3 gam3 noi6 aa3
點解要咁耐呀？

Dim2 gaai2 wui2 ci4 aa3
點解會遲呀？

Jan1 wai4 fei1 gei1 jin4 ng6
因為飛機延誤。

Ngo5 dei2 zung6 diu6 caa4 gan2
我哋仲調查緊。

Ngo5 dei2 zung6 caa4 gan2 jyun4 jan1
我哋仲查緊原因。

Ngo5 dei2 ji5 ging1 zeon6 zo2 zeoi3 daai6 ge3 nou5 lik6 laa3
我哋已經盡咗最大嘅努力喇。

Zeoi3 faai3 ho2 ji5 gei2 si4 zou6 jyun4 aa3
最 快 可 以 幾 時 做 完 呀 ？

Zou6 ne1 gin6 si6 daai6 koi3 jiu3 gei2 do1 jat6 aa3
做 呢 件 事 大 概 要 幾 多 日 呀 ？

Daai6 koi3 seoi1 jiu3 dang2 gei2 noi6 aa3
大 概 需 要 等 幾 耐 呀 ？

Daai6 koi3 seoi1 jiu3 jat1 go3 sing1 kei4
大 概 需 要 一 個 星 期 。

Hei1 mong6 ni1 go3 sing1 kei4 ho2 ji5 jyun4 sing4
希 望 呢 個 星 期 可 以 完 成 。

Zeoi3 faai3 gam1 jat6 haa6 zau3 .
最 快 今 日 下 晝 。

Ngo5 soeng2 cing2 man6 san1 caan2 ban2 hoi1 faat3 zeon3 dou6 dim2 aa3
我 想 請 問 新 產 品 開 發 進 度 點 呀 ？

Jyun4 sing4 dou6 hai6 baak3 fan6 zi1 gei2 aa3
完 成 度 係 百 分 之 幾 呀 ？

Ngo5 dei6 ji4 gaa1 ge3 jyun4 sing4 dou6 hai6 baak3 fan6 zi1 cat1 sap6
我 哋 而 家 嘅 完 成 度 係 百 分 之 七 十 。

Deoi3 m4 zyu6 ngo5 dei6 soeng2 ceoi2 siu1 deng6 daan1
對唔住，我哋想取消訂單。

Zan1 hai6 deoi3 m4 zyu6 jan1 wai4 seoi1 kau4 gaam2 siu2
真係對唔住，因為需求減少，

ngo5 dei6 jat1 ding6 jiu3 ceoi2 siu1 deng6 fo3
我哋一定要取消訂貨。

Sai2 m4 sai2 sau1 ceoi2 siu1 fai3 jung6 aa3
使唔使收取消費用呀？

Jyu4 gwo2 ji4 gaa1 ceoi2 siu1 deng6 fo3 jiu3 fat6 gei2 do1 cin2 aa3
如果而家取消訂貨，要罰幾多錢呀？

Ho2 m4 ho2 ji5 min5 fai3 ceoi2 siu1 aa3
可唔可以免費取消呀？

M4 hou2 ji3 si1 m4 ho2 ji5 min5 fai3 ceoi2 siu1
唔好意思，唔可以免費取消，

ceoi2 siu1 fai3 jiu3 jat1 cin1 Mei5 gam1
取消費要一千美金。

# mat[6] lau[4] jip[6] pin[1]
# 物流業篇

# I. 職場情境會話

## 1. 安排物流程序
ngon1 paai4 mat6 lau4 cing4 zeoi6

**電腦供應商**

Cing2 man6 hai6 m4 hai6 Loeng4 saang1 aa3
請問係唔係梁生呀？

Ngo5 hai6 din6 nou5 sung3 fo3 bou6 ge3
我係XX電腦送貨部嘅Jenny。

Nei5 dei6 gung1 si1 deng6 ge3 bou6 coek3 min6 din6 nou5
你哋公司訂嘅50部桌面電腦

ji5 ging1 jau5 fo3 laa3
已經有貨喇。

Ngo5 dei6 ceoi4 si4 dou1 ho2 ji5 sung3 fo3
我哋隨時都可以送貨，

nei5 dei6 gei2 si4 fong1 bin6 sau1 fo3 ne1
你哋幾時方便收貨呢？

**梁生**

Ngo5 dei6 ni1 dou6 sing1 kei4 jat1 dou3 ng5
我哋呢度星期一到五

ziu1 zou2 gau2 dim2 dou3 sap6 ji6 dim2 dou1 jau5 jan4
朝早九點到十二點都有人，

haa6 zau3 saam1 dim2 dou3 luk6 dim2 dou1 dak1
下晝三點到六點都得。

**電腦供應商**

Haa6 ng5 jat1 dim2 dou3 loeng5 dim2 m4 dak1 aa3
下午一點到兩點唔得啊？

**梁生**

Haa6 ng5 jat1 dim2 dou3 loeng5 dim2 hai6 ngo5 dei6 ng5 faan6
下午一點到兩點係我哋午飯

si4 gaan3 baan6 gung1 sat1 mou5 jan4 sau1 fo3
時間，辦公室冇人收貨。

**電腦供應商**

Gam2 ngo5 dei6 gon2 hai2 sap6 ji6 dim2 cin4 gwo3 lai4
咁我哋趕喺十二點前過嚟。

Nei5 dei6 ge3 baan6 gung1 sat1 hai2 wong6 keoi1
你哋嘅辦公室喺旺區，

hei1 mong6 m4 wui2 sak1 ce1 laa1
希望唔會塞車啦！

**梁生**

Nei5 dei6 gwo3 lai4 zi1 cin4
你哋過嚟之前，

cing2 daa2 go3 din6 waa6 bei2 ngo5 dei6 sin1
請打個電話俾我哋先，

ngo5 dei6 dou1 jiu3 ngon1 paai4 tung4 si6 sau1 fo3
我哋都要安排同事收貨。

Hai6 laa3 ngo5 dei6 daai6 haa6 ge3 haak3 lip1
係喇，我哋大廈嘅客𨋢

m4 ho2 ji5 zoi3 fo3 cing2 nei5 dei6 jung6 fo3 lip1
唔可以載貨，請你哋用貨𨋢。

**電腦供應商**

Ming4 baak6 cing2 man6 sung3 dou3 gei2 lau4 ne1
明白，請問送到幾樓呢？

**梁生**

Cing2 nei5 sung3 dou3 saam1 sap6 lau4
請你送到三十樓。

Nei5 dei6 dou3 zo2 lau4 haa6 daa2 go3 ngo5 dei6
你哋到咗樓下打俾我哋，

ngo5 dei6 paai3 jan4 lok6 heoi3 dim2 fo3
我哋派人落去點貨。

Cing2 nei5 dei6 zeon2 bei6 deng6 fo3 daan1
請你哋準備訂貨單，

ngo5 dei6 ho2 ji5 deoi3 jat1 deoi3
我哋可以對一對。

Jyu4 gwo2 mou5 deng6 fo3 daan1
如果冇訂貨單，

ngo5 dei6 m4 ho2 ji5 cim1 sau1
我哋唔可以簽收。

**電腦供應商**

Ngo5 dei6 ping4 si4 sung3 fo3 dou1 wui2
我哋平時送貨都會

zeon2 bei6 hou2 deng6 fo3 daan1 fong3 sam1 laa1
準備好訂貨單，放心啦！

## 2. 跟進問題同處理投訴

gan1 zeon3 man6 tai4 tung4 cyu3 lei5 tau4 sou3

502.mp3

**梁生**

Ngo5 dei6 gung1 si1 hai2 nei5 dei6 gung1 si1
我哋公司喺你哋公司

deng6 zo2 bou6 coek3 min6 din6 nou5
訂咗 50 部桌面電腦，

nei5 dei6 kam4 jat6 sung3 zo2 fo3 gwo3 lai4
你哋噚日送咗貨過嚟。

Ngo5 dei6 din6 nou5 bou6 tung4 si6 gam1 jat6 zong1 gei1 si4
我哋電腦部同事今日裝機時，

faat3 jin6 jau5 bou6 din6 nou5 ge3 jing4 hou6
發現有 10 部電腦嘅型號

tung4 ngo5 dei6 deng6 ge3 m4 tung4
同我哋訂嘅唔同。

Ngo5 dei6 deng6 ge3 hai6 bou6 jing4 hou6
我哋訂嘅係 10 部 505P 型號，

nei5 dei6 sung3 lai4 ge3 hai6 jing4 hou6
你哋送嚟嘅係 501P 型號，

hai6 m4 hai6 nei5 dei6 gaau2 co3 ne1
係唔係你哋搞錯呢？

**電腦供應商**

Gam3 nei5 dei6 jau5 mat1 je5 jiu1 kau4 ne1
咁你哋有乜嘢要求呢？

**梁生**

Gam3 gang2 hai6 bong1 ngo5 dei6 wun6 faan1
咁梗係幫我哋換返

ngo5 dei6 deng6 zo2 ge3 jing4 hou6 laa1
我哋訂咗嘅型號啦！

**電腦供應商**

Loeng4 saang1 m4 hou2 nau1
梁生，唔好嬲，

Ngo5 dei6 zi2 hai6 soeng2 tai2 haa5 jau5 mat1 je5
我哋只係想睇下有乜嘢

bou2 gau3 ge3 baan6 faat3 ze1 Cing2 nei5 gong2 jat1 gong2
補救嘅辦法啫。請你講一講

nei5 ge3 sung3 fo3 daan1 hou6 maa5
你嘅送貨單號碼。

**梁生**

Hai6
係 K5354919。

**電腦供應商**

Ngo5 dei6 wui5 paai3 jan4 sau1 faan1 bou6
我哋會派人收返10部

din6 nou5 sin1 zi1 hau6 zoi3 ngon1 paai4
501P電腦先，之後再安排

sung3 faan1 bou6 bei2 nei5 dei6
送返10部505P俾你哋。

**梁生**

Gam3 zik1 hai6 jau5 hou2 do1 jat6
咁即係有好多日

ngo5 dei6 mou5 din6 nou5 jung6
我哋冇電腦用，

ngo5 m4 tung4 ji3 ne1 go3 ngon1 paai4
我唔同意呢個安排。

Nei5 dei6 sung3 bou6 bei2 ngo5 dei6 sin1
你哋送10部505P俾我哋先，

zi1 hau6 zoi3 sau1 faan1 sung3 co3 go2 bou6
之後再收返送錯嗰10部。

**電腦供應商**

Gam2 m4 ngaam1 kwai1 geoi2 ge3 wo3 ngo5 hou2 naan4 zou6
咁唔啱規矩嘅喎，我好難做。

**梁生**

Nei5 dei6 faan6 gam3 dai1 kap1 ge3 co3 ng6
你哋犯咁低級嘅錯誤，

ngo5 dou1 hou2 naan4 zou6
我都好難做。

Nei5 dei6 m4 zik1 hak1 cyu3 lei5 ngo5 dei6 zau6 heoi3
你哋唔即刻處理，我哋就去

siu1 wai2 wui2 gou3 nei5 fo3 bat1 deoi3 baan2
消委會告你貨不對辦。

**電腦供應商**

Mong4 zung1 jau5 co3 ze1
忙中有錯啫，

sai2 m4 sai2 gaau2 dou3 gam3 daai6 aa3
使唔使搞到咁大呀？

Ngo5 ting3 jat6 tung4 nei5 wun6 faan2 zau6 dak1 laa1
我聽日同你換返就得啦，

nei5 dei6 ting3 jat6 jau5 mou5 jan4 sau1 fo3 aa3
你哋聽日有冇人收貨呀？

**梁生**

Zan1 hai6 maa4 faan4
真係麻煩，

ngo5 dei6 ting3 jat6 haa6 zau3 jau5 je5 zou6
我哋聽日下晝有嘢做。

Nei5 dei6 zung1 ng5 12 dim2 cin4 gwo3 lai4 laa1 !
你哋中午12點前過嚟啦！

**電腦供應商**

Dak1 dak1 dak1 m4 hou2 lou4 hei3
得得得，唔好勞氣。

## 3. 人事管理：請假、遲到

jan4 si6 gun2 lei5 / ceng2 gaa3 ci4 dou3

🎧 503.mp3

**人事經理**

ngo5 soeng2 tung4 nei5 bou3 gou3 jat1 haa5
Harry，我想同你報告一下

ngo5 dei6 mat6 lau4 bou6 jau5 loeng5 go3 zik1 jyun4
我哋物流部有兩個職員

si4 si4 faan6 co3 jan4 si6 bou6 ceot1 zo2
時時犯錯，人事部出咗

ging2 gou3 seon3 bei2 ni1 loeng5 go3 tung4 si6
警告信俾呢兩個同事。

**李大包**

Faat3 saang1 mat1 je5 si6
發生乜嘢事？

**人事經理**

Jat1 go3 cong1 mou6 jyun4 ging1 soeng4 ceot1 co3 fo3
一個倉務員經常出錯貨，

ngo5 dei6 mat6 lau4 bou6 ging1 lei5 ging1 soeng4 sau1 dou3
我哋物流部經理經常收到

sung3 co3 fo3 ge3 tau4 sou3
送錯貨嘅投訴，

zeoi1 caa4 zi1 hau6 faat3 jin6 hai6
追查之後發現係

cong1 mou6 bou6 ge3 zik1 jyun4 ceot1 co3 fo3
倉務部嘅職員出錯貨。

**李大包**

Mat6 lau4 bou6 ging1 lei5 jau5 mou5 tung4
物流部經理有冇同

ni1 go3 cong1 mou6 jyun4 king1 gwo3
呢個倉務員傾過？

**人事經理**

Dong1 jin4 jau5
當然有，

daan6 hai6 cing4 fong3 m4 zi2 mou5 goi2 sin6
但係情況唔只冇改善，

ni1 go3 cong1 mou6 jyun4 ceot1 co3 fo3 ge3 cing4 fong3
呢個倉務員出錯貨嘅情況

zung6 jyu6 lai4 jyu6 jim4 cung4
仲愈嚟愈嚴重。

Mat6 lau4 bou6 ging1 lei5 jan2 mou5 ho2 jan2 hei1 mong6
物流部經理忍無可忍，希望

ho2 ji5 ceot1 ging2 gou3 seon3 bei2 ni1 go3 jyun4 gung1
可以出警告信俾呢個員工。

**李大包**

Ni1 go3 jyun4 gung1 deoi3 ging1 soeng4 ceot1 co3 fo3
呢個員工對經常出錯貨

jau5 mat1 je5 gaai2 sik1 ne1
有乜嘢解釋呢？

**人事經理**

Gan1 geoi3 mat6 lau4 bou6 ging1 lei5 gong2 ni1 go3
根據物流部經理講，呢個

cong1 mou6 jyun4 waa6 gung1 zok3 si4 gaan1 gwo3 coeng4
倉務員話工作時間過長，

keoi5 waa6 keoi5 mui5 jat6 gung1 zok3 siu2 si4
佢話佢每日工作20小時，

so2 ji5 zing1 san4 hou2 naan4 zaap6 zung1
所以精神好難集中。

**李大包**

Mui5 jat6 gung1 zok3 siu2 si4
每日工作20小時？

Dim2 gaai2 wui2 gam3 gaa3
點解會咁㗎？

**人事經理**

Gam3 ngo5 zau6 m4 cing1 co2
咁我就唔清楚。

**李大包**

Gam3 ling6 jat1 fung1 ging2 gou3 seon3
咁另一封警告信

hai6 mat1 je5 cing4 fong3 ne1
係乜嘢情況呢？

**人事經理**

Mat6 lau4 bou6 ging1 lei5 bou3 gou3 jau5 jat1 go3 man4 jyun4
物流部經理報告有一個文員

ging1 soeng4 ci4 dou3 leoi5 hyun3 bat1 goi2
經常遲到，屢勸不改。

**李大包**

Ni1 go3 man4 jyun4 jau5 mat1 gaai2 sik1 ne1
呢個文員有乜解釋呢？

**人事經理**

Mat6 lau4 bou6 ging1 lei5 waa6 ni1 go3 man4 jyun4
物流部經理話呢個文員

si4 si4 waa6 beng6 m4 syu1 fuk6
時時話病、唔舒服，

heoi3 tai2 ji1 saang1 so2 ji5 ci4 dou3
去睇醫生所以遲到。

**李大包**

Nei5 jau5 mou5 tung4 ni1 loeng5 go3 jyun4 gung1 king1 gwo3
你有冇同呢兩個員工傾過

keoi5 dei6 ge3 cing4 fong3
佢哋嘅情況？

**人事經理**

Ngo5 dei6 tung1 soeng4 dou1 soeng1 seon3 bou6 mun4 zyu2 gun2
我哋通常都相信部門主管，
daan6 hai6 ceot1 ging2 gou3 seon3 ge3 si4 hau6
但係出警告信嘅時候
jan4 si6 bou6 wui5 ceng2 jau5 gwaan1 jyun4 gung1 gwo3 lai4
人事部會請有關員工過嚟，
coeng4 sai3 syut3 ming4 si6 cing4 ge3 jim4 cung4 sing3 tung4
詳細說明事情嘅嚴重性同
hei1 mong6 jau5 gwaan1 jyun4 gung1 ho2 ji5 zok3 ceot1 gim2 tou2
希望有關員工可以作出檢討。

**李大包**

Ngo5 gok3 dak1 ngo5 tung4 nei5 seoi1 jiu3 zoi3 liu5 gaai2
我覺得我同你需要再瞭解
ni1 loeng5 go3 jyun4 gung1 ge3 cing4 fong3
呢兩個員工嘅情況。
Nei5 ge3 ging2 gou3 seon3 dang2 jat1 dang2 sin1
你嘅警告信等一等先，
ngo5 tung4 nei5 jiu3 tung4 mat6 lau4 bou6 ging1 lei5 hoi1 wui2
我同你要同物流部經理開會
king1 king1 ni1 loeng5 go3 jyun4 gung1 ge3 si6
傾傾呢兩個員工嘅事。
Jyu4 gwo2 jau5 seoi1 jiu3 ngo5 tung4 nei5 ho2 nang4
如果有需要，我同你可能
jiu3 gin3 gin3 ni1 loeng5 go3 jyun4 gung1
要見見呢兩個員工，
zoi3 kyut3 ding6 haa6 jat1 bou6 ge3 hang4 dung6
再決定下一步嘅行動。

## II. 實用詞彙

|  |  |
|---|---|
| 送貨部 | sung3 fo3 bou6 |
| 收貨 | sau1 fo3 |
| 午飯時間 | ng5 faan6 si4 gaan3 |
| 客𨋢 | haak3 lip1 |
| 載貨 | zoi3 fo3 |
| 貨𨋢 | fo3 lip1 |
| 派人 | paai3 jan4 |
| 點貨 | dim2 fo3 |
| 訂貨單 | deng6 fo3 daan1 |
| 簽收 | cim1 sau1 |
| 裝機 | zong1 gei1 |
| 型號 | jing4 hou6 |
| 搞錯 | gaau2 co3 |
| 要求 | jiu1 kau4 |
| 補救 | bou2 gau3 |
| 送貨單號碼 | sung3 fo3 daan1 hou6 maa5 |
| 收返 | sau1 faan1 |
| 送返 | sung3 faan1 |
| 唔啱規矩 | m4 ngaam1 kwai1 geoi2 |
| 難做 | naan4 zou6 |
| 低級錯誤 | dai1 kap1 co3 ng6 |
| 消委會 | siu1 wai2 wui2 |

| 告你 | gou3 nei5 |
|---|---|
| 貨不對辦 | fo3 bat1 deoi3 baan2 |
| 忙中有錯 | mong4 zung1 jau5 co3 |
| 搞到咁大 | gaau2 dou3 gam3 daai6 |
| 唔好勞氣 | m4 hou2 lou4 hei3 |
| 物流部 | mat6 lau4 bou6 |
| 犯錯 | faan6 co3 |
| 人事部 | jan4 si6 bou6 |
| 警告信 | ging2 gou3 seon3 |
| 倉務員 | cong1 mou6 jun4 |
| 送錯貨 | sung3 co3 fo3 |
| 忍無可忍 | jan2 mou4 ho2 jan2 |
| 解釋 | gaai2 sik1 |
| 工作時間過長 | gung1 zok3 si4 gaan3 gwo3 coeng4 |
| 集中 | zaap6 zung1 |
| 屢勸不改 | leoi5 hyun3 bat1 goi2 |
| 嚴重性 | jim4 zung6 sing3 |
| 檢討 | gim2 tou2 |
| 瞭解 | liu5 gaai2 |
| 決定 | kyut3 ding6 |
| 下一步行動 | haa6 jat1 bou6 hang4 dung6 |

## III. 活用短句

505.mp3

### 1. 婉拒
jyun2 keoi5

| |
|---|
| M4 goi1 nei5 bong1 ngo5 zeon2 bei6 hou2 ni1 di1 man4 gin6<br>唔該你幫我準備好呢啲文件。 |
| Zan1 hai6 deoi3 m4 zyu6, ngo5 gam1 jat6 jau5 di1 hou2 gan2 gap1 ge3 je5 jiu3 zou6, ceng2 nei5 wan2 kei4 taa1 tung4 si6 bong1 sau2 laa1<br>真係對唔住，我今日有啲好緊急嘅嘢要做，請你搵其他同事幫手啦！ |
| M4 hou2 ji3 si1, ngo5 ji4 gaa1 hou2 mong4, bong1 nei5 m4 dou2<br>唔好意思，我而家好忙，幫你唔到。 |
| M4 hou2 ji3 si1, ne1 gin6 si6 ngo5 baan6 m4 dou2<br>唔好意思，呢件事我辦唔到。 |
| Deoi3 m4 zyu6, ngo5 zou6 m4 dou2<br>對唔住，我做唔到。 |
| Zan1 hai6 pou5 hip3, ngo5 bong1 nei5 m4 dou2<br>真係抱歉，我幫你唔到。 |
| Ngo5 gam1 jat6 mou5 si4 gaan3, haa6 ci3 zoi3 bong1 nei5<br>我今日冇時間，下次再幫你。 |
| Ngo5 jiu3 mong4 jyun4 sau2 tau4 ge3 je5 sin1 zi3 ho2 ji5 bong1 nei5<br>我要忙完手頭嘅嘢先至可以幫你。 |

## 2. 送貨收貨

sung3 fo3 sau1 fo3

Cing2 man6 gei2 si4 ho2 ji5 sung3 fo3 aa3
請問幾時可以送貨呀？

Haa6 go3 sing1 kei4 ho2 ji5 sung3 fo3
下個星期可以送貨。

Ne1 paai4 do1 deng6 daan1 haa6 go3 jyut6 sung3 fo3 jau5 mou5 man6 tai4 aa3
呢排多訂單，下個月送貨有冇問題呀？

Ho2 m4 ho2 ji5 tai4 cin4 sung3 fo3 aa3
可唔可以提前送貨呀？

Ngo5 dei6 ho2 ji5 tai4 cin4 loeng5 jat6 sung3 fo3
我哋可以提前兩日送貨。

Dim2 gaai2 gam3 ci4 gaa3
點解咁遲㗎？

Syun4 kei4 ci4 zo2 so2 ji5 jiu3 haa6 sing1 kei4 sin1 zi3 ho2 ji5 sung3 fo3
船期遲咗，所以要下星期先至可以送貨。

Sung3 fo3 jau5 mou5 sau1 fai3 aa3
送貨有冇收費呀？

Sau1 fai3 ji5 ging1 gai3 zo2 hai2 deng6 daan1 lei5 min6
收費已經計咗喺訂單裏面。

| |
|---|
| Cing²man⁶ hai² bin¹ dou⁶ sau⁶ fo³ aa³<br>請 問 喺 邊 度 收 貨 呀 ？ |
| Jau⁵ mou⁵ jan⁴ sau¹ fo³ aa³<br>有 冇 人 收 貨 呀 ？ |
| Ngo⁵ dei⁶ ji⁴ gaa¹ hai² daai⁶ haa⁶ ting⁴ ce¹ coeng⁴ dang² nei⁵<br>我 哋 而 家 喺 大 廈 停 車 場 等 你 。 |
| Ji⁴ gaa¹ hai² lok⁶ fo³ keoi¹ dang² nei⁵<br>而 家 喺 落 貨 區 等 你 。 |

## 3. 勉強同意、表示歉意

min5 koeng4 tung4 ji3 biu2 si6 hip3 ji3

Jyu4 gwo2 nei5 ho2 ji5 gaam2 gaa3 ngo5 dei6 wui5 deng6 do1 di1
如果你可以減價，我哋會訂多啲。

Zau6 jing3 sing4 nei5 jat1 ci3 laa1
就應承你一次啦！

Ngo5 dei6 zi2 hai6 ho2 ji5 jing3 sing4 nei5 ni1 jat1 ci3
我哋只係可以應承你呢一次。

M4 hou2 ji3 si1 ji5 ging1 hai6 zeoi3 ping4 laa3 Bat1 gwo3
唔好意思，已經係最平喇。不過
nei5 hai6 suk6 haak3 zau6 jing3 sing4 nei5 jat1 ci3 laa1
你係熟客，就應承你一次啦！

---

Bei2 zo2 hou2 do1 maa4 faan4 nei5 dei6 zan1 hai6 m4 hou2 ji3 si1
俾咗好多麻煩你哋，真係唔好意思。

M4 hou2 ji3 si1 ngo5 lai4 ci4 zo2
唔好意思，我嚟遲咗。

Jau5 gin6 si6 ngo5 jiu3 hoeng3 nei5 dou6 hip3
有件事我要向你道歉。

Zan1 hai6 deoi3 m4 zyu6 ngo5 mou5 teng3 nei5 hyun3
真係對唔住，我冇聽你勸。

Ngo5 soeng6 ci3 taai3 zik6 zip3 laa3 zan1 hai6 m4 hou2 ji3 si1
我上次太直接喇，真係唔好意思。

M4 gan2 jiu3 ngo5 dei6 ming4 baak6 ge3
唔緊要，我哋明白嘅。

# 建造業篇

gin3 zou6 jip6 pin1

# I. 職場情境會話



## 1. 安排工程
ngon1 paai4 gung1 cing4

601.mp3

Lei5 Daai6 Baau1 gung1 si1 san1 kau3 jap6 ge3 pou3 wai2 ji5 ging1
李大包公司新購入嘅鋪位已經

sau1 zo2 lau4 laa3 , Keoi5 jiu3 ngon1 paai4 zong1 sau1 gung1 cing4 。
收咗樓喇，佢要安排裝修工程。

Gam1 jat6 keoi5 heoi3 gung1 dei6 tung4 zong1 sau1 gung1 si1 ge3 si1 fu6 king1 haa6 。
今日佢去工地同裝修公司嘅師傅傾下。

**裝修師傅**

Ni1 go3 dei6 dim2 hou2 wong6 ,
呢個地點好旺，

zoeng3 loi4 saang1 ji3 jat1 ding6 hou2 hou2 。
將來生意一定好好。

**李大包**

Hei1 mong6 jat1 cai3 seon6 lei6 。
希望一切順利。

Gung1 si1 ge3 dung2 si6 wui2 tai4 sing2
公司嘅董事會提醒

zong1 sau1 gei3 si4 hau6 jat1 ding6 jiu3 zyu3 ji3 ngon1 cyun4
裝修嘅時候一定要注意安全

tung4 on3 gung1 cing4 sau2 zak1 heoi3 zou6 。
同按工程守則去做。

Jat1 cai3 ngon1 cyun4 zi3 soeng6 ,
一切安全至上，

m4 hei1 mong6 jau5 mat1 je5 ji3 ngoi6 。
唔希望有乜嘢意外。

**裝修師傅**

Fong3 sam1 ngo5 dei6 ge3 tyun4 deoi6 hou2 zyun1 jip6
放心，我哋嘅團隊好專業，
mui5 nin4 dou1 zou6 hou2 do1 daai6 gung1 cing4
每年都做好多大工程，
bou2 zing3 gan1 zuk1 sau2 zak1 zou6 je5
保證跟足守則做嘢。

**李大包**

Tai4 jat1 tai4 fong4 fo2 saa2 seoi2 hai6 tung2 jat1 ding6
提一提，防火灑水系統一定
jiu3 on3 siu1 fong4 ngon1 cyun4 biu1 zeon2 ngon1 zong1
要按消防安全標準安裝，
jyu4 gwo2 m4 hai6 siu1 fong4 bou6 mun4 lai4 gim2 caa4 si4
如果唔係消防部門嚟檢查時
wui2 jau5 hou2 do1 man6 tai4
會有好多問題。

**裝修師傅**

Ni1 dim2 dou1 cing2 nei5 fong3 sam1
呢點都請你放心，
ngo5 dei6 wui5 ziu3 zuk1 biu1 zeon2
我哋會照足標準
ngon1 zong1 fong4 fo2 saa2 seoi2 hai6 tung2 ge3
安裝防火灑水系統嘅。
Ngo5 dei6 zi1 dou6 gan1 geoi3 jing4 jip6
我哋知道根據營業
waak6 ze2 baan6 gung1 sing3 zat1 ge3 m4 tung4
或者辦公性質嘅唔同，
fong4 fo2 hai6 tung2 jau5 m4 tung4 ge3 jiu1 kau4
防火系統有唔同嘅要求。

**李大包**

M4 goi1 nei5 ngo5 dei6 zi1 cin4 king1 hou2 ge3
唔該你，我哋之前傾好嘅

cit3 gai3 tou4 m4 zi1 jau5 mou5 man6 tai4 ne1
設計圖唔知有冇問題呢？

**裝修師傅**

Jing3 goi1 mou5 daai6 man6 tai4 so2 jau5 ge3
應該冇大問題，所有嘅

seoi2 din6 zau2 wai2 saang1 hau2 wai2
水電走位、生口位

dou1 wui5 on3 cit3 gai3 tou4 zou6
都會按設計圖做。

Ling6 ngoi6 nei5 dei6 jiu1 kau4 coeng4 san1 jung6 fong4 seoi2 cat1
另外你哋要求牆身用防水漆，

dei6 baan2 jiu3 mou4 fung4 cit3 gai3
地板要無縫設計，

ngo5 dei6 dou1 ho2 ji5 bong1 nei5 dei6 zou6 hou2
我哋都可以幫你哋做好。

**李大包**

Gaau1 fo3 si4 gaan1 ho2 m4 ho2 ji5 gan1
交貨時間可唔可以跟

hap6 joek3 se2 ge3 sei3 go3 jyut6 ne1
合約寫嘅四個月呢？

**裝修師傅**

Seoi1 jin4 ngo5 dei6 ni1 paai4 hou2 mong4
雖然我哋呢排好忙，

hou2 do1 daai6 gung1 cing4 bat1 gwo3 ngo5 dei6 jat1 ding6
好多大工程，不過我哋一定

on3 hap6 joek3 jyun4 sing4 gung1 cing4
按合約完成工程，

ni1 dim2 nei5 m4 sai2 daam1 sam1
呢點你唔使擔心。

李大包

Gam[3] zau[6] hou[2] laa[3] Gei[3] dak[1] hoi[1] gung[1] ge[3] si[4] hau[6]
咁 就 好 喇 。 記 得 開 工 嘅 時 候

jiu[3] zyu[3] ji[3] ngon[1] cyun[4]
要 注 意 安 全 ，

ceng[2] gung[1] jan[4] zou[6] zuk[1] ngon[1] cyun[4] cou[3] si[1]
請 工 人 做 足 安 全 措 施 。

裝修師傅

Jat[1] ding[6] wui[5] mou[5] man[6] tai[4]
一 定 會 ， 冇 問 題 。

## 2. 匯報工作進度

wui6 bou3 gung1 zok3 zeon3 dou6

602.mp3

Wong4 si1 fu6
黃師傅，

ngo5 dei6 gung1 si1 hau6 jat6 dung2 si6 wui2 hoi1 wui2
我哋公司後日董事會開會，

keoi5 dei6 soeng2 zi1 dou6 zong1 sau1 zeon3 dou6
佢哋想知道裝修進度，

so2 ji5 ngo5 daa2 din6 waa6 man6 haa5 nei5
所以我打電話問下你。

**裝修師傅**

Nei5 fong3 sam1 gung1 cing4 on3 ziu3 gai3 waak6 zo2 ge3
你放心，工程按照計劃咗嘅

zeon3 dou6 zeon3 hang4
進度進行。

Jau5 jat1 gin6 si6 jiu3 tung4 nei5 gong2 gong2
有一件事要同你講講，

zau6 hai6 seoi2 ngaat3 man6 tai4
就係水壓問題，

jan1 wai4 nei5 ge3 pou3 wai2 hai6 dei6 pou3 soeng6 min6
因為你嘅鋪位係地鋪，上面

hai6 ji6 sap6 gei2 cang4 ge3 zyu6 zaak6 daai6 haa6
係二十幾層嘅住宅大廈，

dei6 haa2 pou3 wai2 ge3 seoi2 ngaat3 wui2 bei2 gaau3 daai6
地下鋪位嘅水壓會比較大，

ngo5 dei6 ge3 si1 fu6 ji4 gaa1 cyu3 lei5 gan2
我哋嘅師傅而家處理緊

ni1 go3 man6 tai4 Jan1 wai4 seoi2 ngaat3 gwo3 daai6
呢個問題。因為水壓過大

wui2 gaa1 daai6 seoi2 gun2 ge3 fu6 ho4
會加大水管嘅負荷，

cyu3 lei5 dak1 m4 hou2 wui5 jau5 sam3 seoi2 lau6 seoi2
處理得唔好會有滲水漏水

ni1 di1 man6 tai4
呢啲問題。

**李大包**
Waa3 gam3 zau6 maa4 faan4 laa3
嘩，咁就麻煩喇。

Ngo5 dei6 ni1 go3 pou3 wui2 zou6 caan1 teng1
我哋呢個鋪會做餐廳，

ngo5 dei6 m4 soeng2 jau5 ni1 di1 cing4 fong3 ceot1 jin6
我哋唔想有呢啲情況出現，

jau5 mou5 baan6 faat3 gaau2 dak1 dim6 aa3
有冇辦法搞得掂呀？

**裝修師傅**
Jau5 baan6 faat3 ge3 Ngo5 dei6 ge3 si1 fu6
有辦法嘅。我哋嘅師傅

ji4 gaa1 lam2 dou3 gei2 go3 baan6 faat3
而家諗到幾個辦法，

ngo5 dei6 wui2 tai2 haa5 bin1 go3 baan6 faat3 zeoi3 hou2
我哋會睇下邊個辦法最好。

**李大包**
Gam3 wui2 m4 wui2 jing2 hoeng2 zeon3 dou6 aa3
咁會唔會影響進度呀？

**裝修師傅**
Hei1 mong6 m4 wui5 ngo5 dei6 wui5 zeon6 lik6
希望唔會，我哋會盡力。

**李大包**

Gam3 zau6 maa4 faan4 saai3 nei5 laa3
咁就麻煩晒你喇。

Zung6 jau5 jat1 go3 man6 tai4
仲有一個問題，

zau6 hai6 fong4 dou6 ging2 bou3 hai6 tung2
就係防盜警報系統，

m4 zi1 zou6 sing4 dim2 ne1
唔知做成點呢？

**裝修師傅**

Ngo5 dei6 ji5 ging1 jan1 jing3 jan4 lau4 dak6 dim2
我哋已經因應人流特點

gai3 waak6 ngon1 zong1 zeoi3 sin1 zeon3 ge3
計劃安裝最先進嘅

fong4 dou6 ging2 bou3 hai6 tung2
防盜警報系統，

ni1 go3 hai6 tung2 hai6 jau4 hung4 ngoi6 sin3 taam3 caak1 hei3
呢個系統係由紅外線探測器

tung4 ging2 bou3 hei3 lyun4 hai6 zeoi3 kan5 ging2 cyu3
同警報器聯繫最近警處，

Ne1 go3 hai6 tung2 hai6 muk6 cin4
呢個系統係目前

ngon1 cyun4 hai6 sou3 zeoi3 gou1 ge3
安全系數最高嘅。

**李大包**

Do1 ze6 nei5 ge3 zi1 seon3
多謝你嘅資訊，

ngo5 hau6 jat6 wui5 hoeng3 dung2 si6 guk6 wui6 bou3
我後日會向董事局匯報。

## 3. 人事管理：加班安排

jan4 si6 gun2 lei5 gaa1 baan1 ngon1 paai4

603.mp3

**李大包**

Ngo5 dei6 dung2 si6 wui2 hou2 gwaan1 zyu3
我哋董事會好關注

san1 pou3 ge3 seoi2 ngaat3 man6 tai4
新鋪嘅水壓問題，

m4 zi1 ji4 gaa1 ge3 zeon3 dou6 dim2 ne1
唔知而家嘅進度點呢？

Wan2 dou3 zeoi3 hou2 ge3 gaai2 kyut3 baan6 faat3 mei6 ne1
搵到最好嘅解決辦法未呢？

**裝修師傅**

Ni1 go3 man6 tai4 jau5 di1 maa4 faan4
呢個問題有啲麻煩，

Ngo5 dei6 ge3 si1 fu6 si3 gwo3 gei2 go3 baan6 faat3
我哋嘅師傅試過幾個辦法

dou1 mei6 gaai2 kyut3 dou3 man6 tai4
都未解決到問題。

**李大包**

Gam3 lai4 m4 lai4 dak1 cit3 hei2 fo3
咁嚟唔嚟得切起貨？

Ngo5 dei6 dung2 si6 guk6 ji5 ging1 kyut3 ding6 zo2
我哋董事局已經決定咗

san1 pou3 hoi1 zoeng1 ge3 jat6 zi2 laa3
新鋪開張嘅日子喇，

Nei5 dei6 ge3 si1 fu6 ho2 m4 ho2 ji5 gaa1 baan1 ne1
你哋嘅師傅可唔可以加班呢？

**裝修師傅**

Ngo5 dei6 gung1 si1 ge3 man4 faa3 m4 zyu2 zoeng1 gaa1 baan1
我哋公司嘅文化唔主張加班。

**李大包**

Ngo5 dou1 jing6 tung4 gung1 si1 m4 gaa1 baan1 ge3 man4 faa3
我都認同公司唔加班嘅文化，

jyun4 gung1 ho2 ji5 ping4 hang4 gung1 zok3 tung4 gaa1 ting4
員工可以平衡工作同家庭。

Daan6 hai6 ji4 gaa1 hai6 fei1 soeng4 si4 kei4
但係而家係非常時期，

zung6 jau5 jat1 loeng5 go3 lai5 baai3 zau6 hei2 fo3
仲有一兩個禮拜就起貨，

ho2 m4 ho2 ji5 cing2 si1 fu6 ni1 loeng5 go3 sing1 kei4
可唔可以請師傅呢兩個星期

san1 fu2 siu2 siu2 Gon2 m4 cit3 hei2 fo3
辛苦少少？趕唔切起貨，

m4 zi2 ngo5 jiu3 fu6 hou2 daai6 ge3 zaak3 jam6
唔只我要負好大嘅責任，

ngo5 dou1 geng1 wui2 jing2 hoeng2 zoeng3 loi4 ngo5 dei6 gung1 si1
我都驚會影響將來我哋公司

tung4 nei5 gung1 si1 ge3 hap6 zok3
同你公司嘅合作。

**裝修師傅**

Ni1 dim2 ngo5 dou1 ming4 baak6 daan6 hai6 ngo5 m4 soeng2
呢點我都明白，但係我唔想

ceoi4 si4 bin3 ngo5 dei6 gung1 si1 ge3 kwai1 geoi2
隨時變我哋公司嘅規矩。

Zong1 sau1 si1 fu6 hai6 tai2 lik6 lou4 dung6 gung1 zok3
裝修師傅係體力勞動工作，

ngo5 daam1 sam1 keoi5 dei6 gung1 zok3 taai3 gui6
我擔心佢哋工作太癐

wui2 jing2 hoeng2 ngon1 cyun4
會影響安全。

Zung6 jau5 faat3 leot6 jau5 kwai1 ding6 zong1 sau1 si4 gaan3
仲有法律有規定裝修時間，

jau5 jat1 tiu4 cou3 jam1 gun2 zai3 tiu4 lai6
有一條《噪音管制條例》

tiu4 lai6 gam3 zi2 je6 maan5 cat1 dim2 zi3
條例禁止夜晚七點至

ziu1 zou2 cat1 dim2 tung4 hai2 gaa3 jat6
朝早七點，同喺假日

zeon3 hang4 zong1 sau1 gung1 cing4
進行裝修工程。

**李大包**

Gam3 zau6 naan4 gaau2 laa3
咁就難搞喇，

zung6 jau5 mou5 kei4 taa1 ho2 hang4 baan6 faat3 ne1
仲有冇其他可行辦法呢？

Ho2 m4 ho2 ji5 gaa1 paai4 jan4 sau2
可唔可以加派人手，

ceng2 do1 di1 si1 fu6 lai4 bong1 sau2 ne1
請多啲師傅嚟幫手呢？

**裝修師傅**

Ngo5 dei6 dou1 jau5 haau2 leoi6 gwo3 ne1 go3 baan6 faat3
我哋都有考慮過呢個辦法。

Ngo5 dei6 zeon6 lik6 diu6 pui3 do1 di1 si1 fu6
我哋盡力調配多啲師傅

gwo3 lai4 bong1 sau2 zeon6 faai3 gaai2 kyut3
過嚟幫手，儘快解決

seoi2 ngaat3 ge3 man6 tai4 tung4 zoeng3 gung1 cing4
水壓嘅問題同將工程

hai2 hap6 joek3 haan6 kei4 zi1 noi6 gon2 hei2
喺合約限期之內趕起。

**李大包**

M4 goi1 saai3 nei5 Gam3 ngo5 gwo3 loeng5 jat6
唔該晒你。咁我過兩日

zoi3 lai4 tai2 tai2 zeon3 dou6 laa1
再嚟睇睇進度啦！

## II. 實用詞彙

604.mp3



| 新購入 | san$^{1}$ kau$^{3}$ jap$^{6}$ |
|---|---|
| 鋪位 | pou$^{3}$ wai$^{2}$ |
| 收樓 | sau$^{1}$ lau$^{2}$ |
| 裝修工程 | zong$^{1}$ sau$^{1}$ gung$^{1}$ cing$^{4}$ |
| 一切順利 | jat$^{1}$ cai$^{3}$ seon$^{6}$ lei$^{6}$ |
| 董事會 | dung$^{2}$ si$^{6}$ wui$^{2}$ |
| 提醒 | tai$^{4}$ sing$^{2}$ |
| 注意安全 | zyu$^{3}$ ji$^{3}$ on$^{1}$ cyun$^{4}$ |
| 按工程守則 | on$^{3}$ gung$^{1}$ cing$^{4}$ sau$^{2}$ zak$^{1}$ |
| 安全至上 | on$^{1}$ cyun$^{4}$ zi$^{3}$ soeng$^{6}$ |
| 保證 | bou$^{2}$ zing$^{3}$ |
| 跟足守則做嘢 | gan$^{1}$ zuk$^{1}$ sau$^{2}$ zak$^{1}$ zou$^{6}$ je$^{5}$ |
| 防火灑水系統 | fong$^{4}$ fo$^{2}$ saa$^{2}$ seoi$^{2}$ hai$^{6}$ tung$^{2}$ |
| 消防安全標準 | siu$^{1}$ fong$^{4}$ on$^{1}$ cyun$^{4}$ biu$^{1}$ zeon$^{2}$ |
| 安裝 | on$^{1}$ zong$^{1}$ |
| 消防部門 | siu$^{1}$ fong$^{4}$ bou$^{6}$ mun$^{4}$ |

| 檢查 | gim2 caa4 |
| --- | --- |
| 營業 | jing4 jip6 |
| 性質 | sing3 zat1 |
| 防火系統 | fong4 fo2 hai6 tung2 |
| 設計圖 | cit3 gai3 tou4 |
| 水電走位 | seoi2 din6 zau2 wai2 |
| 生口位 | saang1 hau2 wai2 |
| 牆身 | coeng4 san1 |
| 防水漆 | fong4 seoi2 cat1 |
| 地板 | dei6 baan2 |
| 無縫設計 | mou4 fung4 cit3 gai3 |
| 安全措施 | on1 cyun4 cou3 si1 |
| 裝修進度 | zong1 sau1 zeon3 dou6 |
| 水壓 | seoi2 aat3 |
| 地鋪 | dei6 pou3 |
| 住宅大廈 | zyu6 zaak6 daai6 haa6 |

| 處理緊呢個問題 | cyu5 lei5 gan2 ni1 go3 man6 tai4 |
|---|---|
| 加大負荷 | gaa1 daai6 fu6 ho4 |
| 水管 | seoi2 gun2 |
| 滲水 | sam3 seoi2 |
| 漏水 | lau6 seoi2 |
| 防盜警報系統 | fong4 dou6 ging2 bou3 hai6 tung2 |
| 人流 | jan4 lau4 |
| 特點 | dak6 dim2 |
| 紅外線探測器 | hung4 ngoi6 sin3 taam3 cak1 hei3 |
| 警報器 | ging2 bou3 hei3 |
| 警處 | ging2 cyu5 |
| 安全系數 | on1 cyun4 hai6 sou3 |
| 匯報 | wui6 bou3 |
| 關注 | gwaan1 zyu3 |
| 解決辦法 | gaai2 kyut3 baan6 faat3 |
| 嚟得切 | lai4 dak1 cit3 |

| 加班 | gaa1 baan1 |
| --- | --- |
| 認同 | jing6 tung4 |
| 平衡 | ping4 hang4 |
| 非常時期 | fei1 soeng4 si4 kei4 |
| 趕唔切 | gon2 m4 cit3 |
| 負責任 | fu6 zaak3 jam6 |
| 體力勞動 | tai2 lik6 lou4 dung6 |
| 法律 | faat3 leot6 |
| 《噪音管制條例》 | cou3 jam1 gun2 zai3 tiu4 lai6 |
| 禁止 | gam3 zi2 |
| 假日 | gaa3 jat6 |
| 考慮 | haau2 leoi6 |
| 調配 | diu6 pui3 |
| 合約限期 | hap6 joek3 haan6 kei4 |

## III. 活用短句

### 1. 報價
bou3 gaa3

Gei2 si4 ho2 ji5 bou3 gaa3 aa3
幾時可以報價呀？

Ho2 m4 ho2 ji5 daai6 joek3 bou3 go3 gaa3 aa3
可唔可以大約報個價呀？

Ngo5 dei6 loeng5 sing1 kei4 noi6 ho2 ji5 bou3 gaa3, ngo5 wui5 gei3 bou3 gaa3 daan1 bei2 nei5
我哋兩星期內可以報價，我會寄報價單俾你。

Deoi3 m4 zyu6, nei5 dei6 bou3 gaa3 daan1 ge3 gaa3 cin2 taai3 gou1 laa3, ngo5 dei6 zip3 sau6 m4 dou3. ho2 m4 ho2 ji5 zoeng3 gaa3 cin2 haa6 tiu4 loeng5 sing4 aa3?
對唔住，你哋報價單嘅價錢太高喇，我哋接受唔到。可唔可以將價錢下調兩成呀？

Hou2 naan4 waa1, ji5 ging1 hai6 zeoi3 dai1 laa3
好難喎，已經係最低喇。

Loeng5 sing4 taai3 do1 laa3, zi2 ho2 ji5 haa6 diu6 baak3 fan6 zi1 sei3
兩成太多喇，只可以下調百分之四。

## 2. taam4 pun3, kok3 jing6, bou3 gou3 hong6 muk6 cing4 fong3
## 談判，確認，報告項目情況

Cing2 man6 bin1 wai2 ho2 ji5 zou6 kyut3 ding6 ne1
請問邊位可以做決定呢？

Gwai3 gung1 si1 bin1 wai2 ho2 ji5 zou6 zeoi3 zung1 kyut3 ding6 ne1
貴公司邊位可以做最終決定呢？

Ni1 gin6 si6 jing4 jip6 bou6 ging1 lei5 ho2 ji5 zou6 kyut3 ding6
呢件事營業部經理可以做決定。

Ni1 go3 gai3 waak6 jing4 wan6 zung2 gaam1 ho2 ji5 zou6 kyut3 ding6
呢個計劃營運總監可以做決定。

Cing2 man6 nei5 dei6 bin1 wai2 ho2 ji5 doi6 biu2 gwai3 gung1 si1 king1 ne1
請問你哋邊位可以代表貴公司傾呢？

Jing4 wan6 zung2 gaam1 ho2 ji5 doi6 biu2 ngo5 dei6 gung1 si1
營運總監可以代表我哋公司

tung4 nei5 dei6 king1
同你哋傾。

Nei5 hoi1 ceot1 ge3 tiu4 gin6, ho2 m4 ho2 ji5 soeng1 loeng6 ne1
你開出嘅條件，可唔可以商量呢？

Ho2 ji5 soeng1 loeng6
可以商量。

Jau5 soeng1 loeng6 ge3 jyu4 dei6
有商量嘅餘地。

Ngo5 dei6 haa6 sing1 kei4 joek3 go3 si4 gaan3 king1 king1
我哋下星期約個時間傾傾。

Ngaam1 ngaam1 ge3 bou3 gou3 nei5 ming4 m4 ming4 baak6 aa3
啱啱嘅報告，你明唔明白呀？

Nei5 teng3 m4 teng3 dak1 ming4 aa3
你聽唔聽得明呀？

Ngo5 ming4 baak6 nei5 ge3 ji3 si1
我明白你嘅意思。

Jyun4 cyun4 ming4 baak6 mou5 man6 tai4
完全明白，冇問題。

M4 hou2 ji3 si1 nei5 ho2 m4 ho2 ji5 zoi3 gong2 jat1 ci3 go2 gei2 go3 cung4 dim2 aa3
唔好意思，你可唔可以再講一次嗰幾個重點呀？

Ngo5 dei6 ge3 gai3 waak6 zeon3 zin2 sing4 dim2 aa3 ?
我哋嘅計劃進展成點呀？

Ji5 ging1 zip3 gan6 jyun4 sing4 gaai1 dyun6
已經接近完成階段。

## 3. 表示贊同 (biu² si⁶ zaan³ tung⁴)

| |
|---|
| Daai⁶ gaa¹ jau⁵ mat¹ je⁵ soeng² faat³<br>大家有乜嘢想法？ |
| Cing² man⁶ gok³ wai² tung⁴ ji³ maa³<br>請問各位同意嗎？ |
| Ngo⁵ dei⁶ jat¹ zi³ tung⁴ ji³<br>我哋一致同意。 |
| Ngo⁵ mou⁵ ji³ gin³ jyun⁴ cyun⁴ tung⁴ ji³<br>我冇意見，完全同意。 |
| Ngo⁵ ge³ soeng² faat³ tung⁴ nei⁵ jat¹ joeng⁶<br>我嘅想法同你一樣。 |
| Ngo⁵ zaan³ sing⁴<br>我贊成。 |
| Jyu⁴ gwo² daai⁶ gaa¹ tung⁴ ji³ ngo⁵ dei⁶ zau⁶ on³ ziu³ gai³ waak⁶ zou⁶<br>如果大家同意，我哋就按照計劃做。 |

# gam1 jung4 jip6 pin1<br>金融業篇

# I. 職場情境會話

hoeng3 haak3 wu6 soeng5 kap1 wui6 bou3
## 1. 向客戶／上級匯報
tau4 zi1 sing4 gwo2
## 投資成果

701.mp3

**蔣經理**

Ngo5 gam1 jat6 soeng2 bou3 gou3 jat1 haa5 ngo5 dei6 tau4 zi1 bou6
我今日想報告一下我哋投資部

soeng6 bun3 nin4 ge3 jip6 zik1
上半年嘅業績。

Sau6 wai6 jyu1 Hoeng1 Gong2 gu2 si5 tung4 ngaa3 taai3 keoi1 gu2 si5 ge3
受惠於香港股市同亞太區股市嘅

jing2 hoeng2 ngo5 dei6 gung1 si1 hai2 gu2 piu3 ge3 tau4 zi1
影響，我哋公司喺股票嘅投資

jing4 lei6 soeng5 sing1 zo2 baak3 fan6 zi1 luk6 sap6 gau2
盈利上升咗百分之六十九，

hai6 zeoi3 gan6 sap6 nin4 ge3 zeoi3 hou2 sing4 zik1
係最近十年嘅最好成績。

Ceoi4 zo2 gu2 piu3 si5 coeng4 zi1 ngoi6
除咗股票市場之外，

ngo5 dei6 dou1 jau5 tau4 zi1 hai2 kei4 fo3 si5 coeng4
我哋都有投資喺期貨市場。

Ngo5 dei6 hai2 ni1 go3 si5 coeng4 hai6 coi2 ceoi2
我哋喺呢個市場係採取

fan1 saan3 tau4 zi1 ge3 caak3 loek6
分散投資嘅策略，

ho2 sik1 hai2 ni1 fong1 min6 ge3 sing4 zik1 bei2 gaau3 jat1 bun1
可惜喺呢方面嘅成績比較一般，

ngo5 dei6 wui5 gim2 tou2 ngo5 dei6 ge3 tau4 zi1 zou2 hap6
我哋會檢討我哋嘅投資組合，

hei1 mong6 ho2 ji5 zeon3 ceoi2 jat1 di1 haa6 go3 nin4 dou6 hai2
希望可以進取一啲，下個年度喺

kei4 fo3 fong1 min6 ho2 ji5 jau5 hou2 di1 ge3 sing4 zik1
期貨方面可以有好啲嘅成績。

Zi3 jyu1 ngoi6 wui6 si5 coeng4 ge3 tau4 zi1 ngo5 dei6
至於外匯市場嘅投資，我哋

zyu2 jiu3 ge3 caak3 loek6 hai6 hei1 mong6 ho2 ji5 deoi3 cung1
主要嘅策略係希望可以對沖

gung1 si1 hai2 gwok3 ngoi6 ge3 siu1 sau6 tung4 zau2 dim3 jip6 mou6
公司喺國外嘅銷售同酒店業務，

hei1 mong6 ho2 ji5 gaam2 dai1 ngoi6 wui6 bo1 dung6 ge3 fung1 him2
希望可以減低外匯波動嘅風險。

**李大包**

Fei1 soeng4 hou2 Ho2 m4 ho2 ji5 bou3 gou3 jat1 haa5
非常好。可唔可以報告一下

ngo5 dei6 hai6 noi6 dei6 tung4 Maa5 Loi4 Sai1 Ngaa3 ge3
我哋係內地同馬來西亞嘅

fong4 dei6 caan2 tau4 zi1 hong6 muk6 aa3 ?
房地產投資項目呀？

**蔣經理**

Ngo5 dei6 gung1 si1 hai2 noi6 dei6 jau5 gei2 go3
我哋公司喺內地有幾個

fong4 dei6 caan2 faat3 zin2 hong6 muk6
房地產發展項目。

Ngo5 dei6 gan1 zyu6 gwok3 gaa1 ge3 zing3 caak3 faat3 zin2
我哋跟住國家嘅政策發展

ji6 sin3 sing4 si5 ge3 fong4 dei6 caan2 gau6 nin4 zung2 gung6 hai2
二線城市嘅房地產，舊年總共喺

baat3 go3 ji6 sin3 sing4 si5 jau5 zyu6 zaak6 faat3 zin2 hong6 muk6
八個二線城市有住宅發展項目。

Seoi1 jin4 ji4 gaa1 ge3 kwai1 mou4 hou2 sai3 daan6 hai6
雖然而家嘅規模好細，但係

ngo5 dei6 gok3 dak1 jau5 hou2 daai6 ge3 faat3 zin2 cim4 lik6
我哋覺得有好大嘅發展潛力。

Hai2 Maa5 Loi4 Sai1 Ngaa3 ngo5 dei6 tung4 dong1 dei6 zeoi3 daai6 ge3
喺馬來西亞，我哋同當地最大嘅

dei6 caan2 faat3 zin2 soeng1 hap6 zok3 hei1 mong6 ho2 ji5
地產發展商合作，希望可以

daa2 zou6 Gat1 Lung4 Bo1 zeoi3 daai6 ge3 kau3 mat6 soeng1 coeng4
打造吉隆玻最大嘅購物商場。

Ni1 go3 gai3 waak6 sip3 kap6 ge3 zi1 gam1 fei1 soeng4 pong4 daai6
呢個計劃涉及嘅資金非常龐大，

ngo5 dei6 tung4 dong1 dei6 faat3 zin2 soeng1 king1 gan2 jung4 zi1
我哋同當地發展商傾緊融資，

jau5 zeon3 jat1 bou6 siu1 sik1 ngo5 dei6 zoi3 hoeng3
有進一步消息我哋再向

zung2 gung1 si1 bou3 gou3
總公司報告。

**李大包**

Hei1 mong6 jau5 hou2 siu1 sik1 Ling6 ngoi6
希望有好消息。另外

nei5 dei6 bou6 mun4 zeoi3 gan6 hou2 ci5 jin4 gau3 gan2
你哋部門最近好似研究緊

cong3 san1 fo1 gei6 tung4 gei6 seot6 wo5
創新科技同IT技術喎，

jau5 mat1 je5 san1 gaau2 zok3 aa3
有乜嘢新搞作呀？

**蔣經理**
zan1 hai6 siu1 sik1 ling4 tung1 laa3 Ngo5 dei6 gan1 tip3
Harry真係消息靈通喇。我哋跟貼
zing3 fu2 deoi3 cong3 fo1 ge3 faat3 zin2 caak3 loek6
政府對創科嘅發展策略，
jin4 gau3 gan2 gei2 gaan1 cong3 fo1 gung1 si1 tung4
研究緊幾間創科公司同
co1 cong3 gung1 si1 ge3 faat3 zin2 cim4 lik6
初創公司嘅發展潛力。
Nei5 dou1 zi1 dou3 ni1 di1 gung1 si1
你都知道呢啲公司
hou2 seoi1 jiu3 zi1 gam1 faat3 zin2 san1 ge3 hong6 muk6
好需要資金發展新嘅項目，
ngo5 dei6 jin4 gau3 gan2 jau5 bin1 di1 gung1 si1
我哋研究緊有邊啲公司
waak6 ze2 gai3 waak6 hong6 muk6 jau5 tau4 zi1 gaa3 zik6
或者計劃項目有投資價值。
Ngo5 dei6 jyun4 sing4 jin4 gau3 zi1 hau6
我哋完成研究之後
wui5 bei2 di1 zi1 liu2 zung2 gung1 si1 tung4 dung2 si6 wui2
會俾啲資料總公司同董事會，
tai2 haa6 jau5 mou5 faat3 zin2 ge3 hung1 gaan1
睇下有冇發展嘅空間。

**李大包**
Hou2 ngo5 dei6 dang2 nei5 ge3 bou3 gou3
好，我哋等你嘅報告。

## 2. 人事管理：培訓

jan4 si6 gun2 lei5 : pui4 fan3

702.mp3

Zeoi3 gan6 gung1 si1 ge3 tau4 zi1 bou6 daai6 wun6 hyut3<br>
最近公司嘅投資部大換血，<br>
ceng2 zo2 jat1 pai1 san1 jan4 Ngo5 lam2 ngo5 dei6 jiu3<br>
請咗一批新人。我諗我哋要<br>
zou6 jat1 go3 pui4 fan3 gai3 waak6 bei2 ne1 pai1 san1 jan4<br>
做一個培訓計劃俾呢批新人。

李大包

Ngo5 jing6 wai4 tau4 zi1 bou6 seoi1 jiu3 jat1 deoi6 wan2 ding6 ge3<br>
我認為投資部需要一隊穩定嘅<br>
tyun4 deoi2 gaam2 dai1 jau1 sau3 jyun4 gung1 ge3 lau4 sat1<br>
團隊，減低優秀員工嘅流失，<br>
jyun4 gung1 pui4 fan3 hai6 hou2 cung4 jiu3 ge3 jat1 waan4<br>
員工培訓係好重要嘅一環。<br>
Wai4 zo2 coeng4 jyun5 ge3 faat3 zin2 ngo5 dei6 jat1 ding6 jiu3<br>
為咗長遠嘅發展，我哋一定要<br>
gin3 lap6 zai3 dou6 faa3 ge3 gun2 lei5 tung4 pui4 fan3 gai3 waak6<br>
建立制度化嘅管理同培訓計劃。<br>
Gan6 ni1 gei2 nin4 zung2 gung1 si1 ji5 ging1 wai4 siu1 sau6 bou6<br>
近呢幾年總公司已經為銷售部、<br>
gung1 gwaan1 bou6 caan1 jam2 faat3 zin2 bou6<br>
公關部、餐飲發展部<br>
zou6 gwo3 jau5 gwaan1 ge3 gai3 waak6<br>
做過有關嘅計劃，<br>
ni1 tou3 pui4 fan3 gai3 waak6 hang4 zi1 jau5 haau6<br>
呢套培訓計劃行之有效，

ling6 ni1 gei2 go3 bou6 mun4 ge3 jan4 si6 gun2 lei5
令呢幾個部門嘅人事管理

haau6 leot2 tai4 sing1 zo2 hou2 do1
效率提升咗好多。

**蔣經理**

Ngo5 dei6 bou6 mun4 zi1 dou6 ni1 gei2 nin4 zung2 gung1 si1
我哋部門知道呢幾年總公司

zou6 zo2 daai6 loeng6 ge3 gung1 zok3
做咗大量嘅工作。

Ngo5 dei6 ge3 bou6 mun4 bei2 gaau3 dak6 bit6
我哋嘅部門比較特別，

jan4 jyun4 lau4 dung6 sing3 hou2 daai6
人員流動性好大。

Ngo5 dei6 jiu3 bat1 tyun5 mo2 sok3 si3 jim6 sin1 zi3 ho2 ji5
我哋要不斷摸索、試驗先至可以

zoeng3 jan4 si6 gun2 lei5 tung4 pui4 fan3 zai3 dou6 maan6 maan6 jyun4 sin6
將人事管理同培訓制度慢慢完善。

Tau4 zi1 bou6 zeoi3 gan6 min6 deoi3 ge3 ni1 di1 man6 tai4
投資部最近面對嘅呢啲問題，

hei1 mong6 zung2 gung1 si1 ho2 ji5 bei2 di1 ji3 gin3
希望總公司可以俾啲意見。

Ho2 m4 ho2 ji5 bong1 ngo5 dei6 zoeng3 tau4 zi1 bou6 ge3
可唔可以幫我哋將投資部嘅

jan4 si6 pui4 fan3 gai3 waak6 tai4 dou3 zung2 gung1 si1 ge3
人事培訓計劃提到總公司嘅

daai6 wui2 ji5 cing4 lei5 min6 aa3
大會議程裏面呀？

**李大包**

Jan4 si6 gun2 lei5 tung4 jan4 jyun4 pui4 fan3
人事管理同人員培訓

mou5 co3 hai6 jat1 go3 bou6 mun4 ge3 ming6 mak6
冇錯係一個部門嘅命脈，

hou2 ge3 jyun4 gung1 zau6 hai6 gung1 si1 ge3 zi1 caan2
好嘅員工就係公司嘅資產。

Ngo5 soeng2 cing2 man6 tau4 zi1 bou6 jau5 mou5 zou6 gwo3
我想請問，投資部有冇做過

diu6 caa4 jin4 gau3 sam1 haau2 kei4 taa1 gung1 si1
調查研究，參考其他公司

tau4 zi1 bou6 waak6 ze2 jat1 di1 jau5 ming4 ge3
投資部或者一啲有名嘅

tau4 zi1 gung1 si1 ge3 zou6 faat3
投資公司嘅做法？

waak6 ze2 nei5 jing6 wai4 jan4 jyun4 pui4 fan3
或者你認為人員培訓

jing3 goi1 jau5 bin1 di1 faan6 cau4 ne1
應該有邊啲範疇呢？

**蔣經理**

Ngo5 diu6 caa4 gwo3 jat1 di1 bei2 gaau3 daai6 ge3 tau4 zi1 gung1 si1
我調查過一啲比較大嘅投資公司，

keoi5 dei6 ge3 pui4 fan3 zai3 dou6 jat1 bun1 lai4 gong2
佢哋嘅培訓制度一般嚟講

jau5 gei2 go3 gung6 tung1 dim2
有幾個共通點。

Dai6 jat1 hai6 jiu3 ling6 jyun4 gung1 liu5 gaai2 gung1 si1 man4 faa3
第一係要令員工瞭解公司文化、

zoeng2 lai6 tung4 sing1 cin1 zai3 dou6
獎勵同升遷制度，

dai6 ji6 hai6 pui4 joeng5 gwai1 suk6 gam2 tung4 tyun4 deoi2 hap6 zok3 sing3
第二係培養歸屬感同團隊合作性，

dai6 saam1 hai6 gwaan1 jyu1 jat1 di1 zyun1 jip6 zi1 sik1 ge3 pui4 fan3
第三係關於一啲專業知識嘅培訓。

**李大包**

Fei1 soeng4 hou2 Cing2 nei5 zoeng3 ni1 di1 gai3 waak6
非常好！請你將呢啲計劃

se2 lok6 jat1 go3 gin3 ji5 syu1 lei5 min6
寫落一個建議書裏面。

Ngo5 dei6 wui5 hai2 haa6 ci3
我哋會喺下次

zung2 gung1 si1 ge3 daai6 wui2 dou6 tou2 leon6
總公司嘅大會度討論，

kei4 taa1 bou6 mun4 ge3 zyu2 gun2 dou1 ho2 ji5 bei2 ji3 gin3
其他部門嘅主管都可以俾意見。

Daai6 gaa1 tung4 ji3 zi1 hau6 zau6 ho2 ji5
大家同意之後就可以

lok6 sat6 heoi3 zap1 hang4
落實去執行。

**蔣經理**

M4 goi1 saai3 nei5
唔該晒你。

zou2 zik1 wut6 dung6

### 3. 組織活動

703.mp3

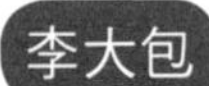

李大包

Ceon1 zit3 zau6 hai4 dou3 laa3, ngo5 dei6 ngon1 ji5 wong5 gwaan3 lai6

春節就嚟到喇，我哋按以往慣例

wui2 baan6 jat1 go3 zau1 nin4 lyun4 fun1 wui2

會辦一個周年聯歡會。

Lyun4 fun1 wui2 jau4 mui5 go3 bou6 mun4 ge3 zyu2 gun2

聯歡會由每個部門嘅主管

leon4 lau4 fu6 zaak3, gam1 nin4 leon4 dou3 tau4 zi1 bou6

輪流負責，今年輪到投資部。

Zoeng2 ging1 lei5, nei5 ho2 m4 ho2 ji5 zou6 ne1

蔣經理，你可唔可以做呢？

蔣經理

Dong1 jin4 lok6 ji3 laa1! Lyun4 fun1 maan5 wui2

當然樂意啦！聯歡晚會

ho2 ji5 tai4 sing1 jyun4 gung1 deoi3 gung1 si1 ge3 gwai1 suk6 gam2

可以提升員工對公司嘅歸屬感。

Ji5 ngo5 ge3 gun1 caat3, hai2 tau4 zi1 bou6 mui5 go3 tung4 si6

以我嘅觀察，喺投資部每個同事

dou1 zi6 gei2 zou6 zi6 gei2 fan6 noi6 ge3 gung1 zok3

都自己做自己份內嘅工作，

tung4 si6 zi1 gaan1 hou2 siu2 loi4 wong5

同事之間好少來往，

tung4 si6 faan2 gung1 zau6 jat1 bin1 co5 hai2 din6 nou5 cin4 min6

同事返工就一邊坐喺電腦前面

tai2 zyu6 go3 gu2 si5 tung4 ging1 zai3 hong4 cing4

睇住個股市同經濟行情，

jat1 bin1 wan2 haak3 jan4 king1 tau4 zi1 gai3 waak6
一邊搵客人傾投資計劃，

jau5 di1 tung4 si6 wui5 gaa1 baan1 gaa1 dou3 dai6 ji6 ziu1
有啲同事會加班加到第二朝。

**李大包**

Tung4 si6 wai4 zo2 gung1 zok3 zeon6 sam1 zeon6 lik6 hai6 hou2 si6
同事為咗工作盡心盡力係好事，

daan6 hai6 ngo5 dei6 m4 ho2 ji5 ling6 tung4 si6 gok3 dak1
但係我哋唔可以令同事覺得

ngo5 dei6 gu2 lai6 bat1 ting4 gaa1 baan1
我哋鼓勵不停加班。

Kei4 sat6 zung2 gung1 si1 gu2 ceoi1 gung1 zok3 jyu5 gaa1 ting4
其實總公司鼓吹工作與家庭

ping4 hang4 faat3 zin2 si3 lam2 haa6 jyu4 gwo2 jat1 go3 jyun4 gung1
平衡發展，試諗下如果一個員工

zi2 gu3 gung1 zok3 kyut3 siu2 pui4 bun6 gaa1 jan4 ge3 si4 gaan3
只顧工作，缺少陪伴家人嘅時間，

coeng4 jyun5 lai4 gong2 saang1 wut6 dim2 wui5 hoi1 sam1
長遠嚟講生活點會開心，

gung1 zok3 jau6 dim2 wui5 jau5 dung6 lik6 ne1
工作又點會有動力呢？

Ngo5 dei6 jin4 gwai1 zing3 zyun2 gong2 faan2 zau1 nin4 maan5 wui2
我哋言歸正轉，講返周年晚會，

nei5 jau5 mat1 je5 nam2 faat3 aa3
你有乜嘢諗法呀？

**蔣經理**

Ngo5 dei6 jiu3 zi1 gung1 si1 jau5 gei2 do1 jyu6 syun3
我哋要知公司有幾多預算，

soeng2 ceng2 mat1 je5 gaa1 ban1
想請乜嘢嘉賓。

**李大包**

Ngo5 gok3 dak1 jing3 goi1 tung4 gau6 nin2 caa1 m4 do1
我覺得應該同舊年差唔多。
Ngo5 wui2 tung4 zung2 gung1 si1 kok3 jing6 jat1 haa5
我會同總公司確認一下，
zoi3 waa6 bei2 nei5 zi1
再話俾你知。

**蔣經理**

M4 goi1 saai3 Ngo5 gok3 dak1 ngo5 dei6 gung1 si1 ge3 zik1 jyun4
唔該晒！我覺得我哋公司嘅職員
jyu6 lai4 jyu6 nin4 cing1 hou2 do1 san1 jap6 zik1 ge3 tung4 si6
愈嚟愈年青，好多新入職嘅同事
dou1 hai6 ngaam1 ngaam1 daai6 hok6 bat1 jip6 ge3 Ngo5 gok3 dak1
都係啱啱大學畢業嘅。我覺得
ngo5 dei6 ho2 ji5 gaau2 di1 jau5 ceoi3 di1 ge3 zyu2 tai4
我哋可以搞啲有趣啲嘅主題，
pei3 jyu4 nin4 doi6 waai4 gau6 zi1 je6
譬如70年代懷舊之夜，
dong1 maan5 jiu3 zoek3 zi3 doi6 ge3 fuk6 zong1 sam1 gaa1
當晚要着60至70代嘅服裝參加。
Jau6 waak6 ze2 kei4 taa1 jau5 ceoi3 ge3 zyu2 tai4
又或者其他有趣嘅主題。

**李大包**

Ngo5 gok3 dak1 waai4 gau6 zi1 je6 dou1 gei2 jau5 ji3 si1
我覺得懷舊之夜都幾有意思，
gun2 lei5 cang4 ho2 ji5 waai4 gau6 jat1 haa5
管理層可以懷舊一下，
nin4 hing1 ge3 zik1 jyun4 ho2 ji5 gam2 sau6 haa5 zi3
年輕嘅職員可以感受下60至70

nin4 doi6 gung1 si1 hoi1 ci2 sing4 lap6 go3 si4 ge3 hei3 fan1
年代公司開始成立個時嘅氣氛。

Maan5 wui2 ge3 sai3 zit3 cing2 nei5 se2 jat1 fan6 gai3 waak6 syu1
晚會嘅細節請你寫一份計劃書

bei2 zung2 gung1 si1 zung2 gung1 si1 pai1 hat6 zi1 hau6
俾總公司，總公司批核之後

zau6 ho2 ji5 hoi1 ci2 cau4 baan6 laa3
就可以開始籌辦喇。

**蔣經理**

Mou5 man6 tai4 haa6 sing1 kei4 wui5 zeon2 bei6 hou2
冇問題，下星期會準備好。

# II. 實用詞彙

|  |  |
|---|---|
| 受惠 | sau⁶ wai⁶ |
| 香港股市 | hoeng¹ gong² gu² si⁵ |
| 亞太區股市 | aa³ taai³ keoi¹ gu² si⁵ |
| 股票 | gu² piu³ |
| 投資盈利 | tau⁴ zi¹ jing⁴ lei⁶ |
| 成績 | sing⁴ zik¹ |
| 期貨市場 | kei⁴ fo³ si⁵ coeng⁴ |
| 採取 | coi² ceoi² |
| 分散投資 | fan¹ saan³ tau⁴ zi¹ |
| 投資組合 | tau⁴ zi¹ zou² hap⁶ |
| 進取 | zeon³ ceoi² |
| 外匯市場 | ngoi⁶ wui⁶ si⁵ coeng⁴ |
| 酒店業務 | zau² dim³ jip⁶ mou⁶ |
| 減低 | gaam² dai¹ |
| 外匯波動 | ngoi⁶ wui⁶ bo¹ dung⁶ |
| 風險 | fung¹ him² |
| 房地產投資項目 | fong⁴ dei⁶ caan² tau⁴ zi¹ hong⁶ muk⁶ |
| 二線城市 | ji⁶ sin³ sing⁴ si⁵ |

| 發展潛力 | faat3 zin2 cim4 lik6 |
|---|---|
| 當地 | dong1 dei6 |
| 購物商場 | kau3 mat6 soeng1 coeng4 |
| 涉及 | sip3 kap6 |
| 資金 | zi1 gam1 |
| 龐大 | pong4 daai6 |
| 融資 | jung4 zi1 |
| 創新科技 | cong3 san1 fo1 gei6 |
| 技術 | gei6 seot6 |
| 搞作 | gaau2 zok3 |
| 消息靈通 | siu1 sik1 ling4 tung1 |
| 初創公司 | co1 cong3 gung1 si1 |
| 投資價值 | tau4 zi1 gaa3 zik6 |
| 大換血 | daai6 wun6 hyut3 |
| 培訓計劃 | pui4 fan3 gai3 waak6 |
| 需要 | seoi1 jiu3 |
| 穩定嘅團隊 | wan2 ding6 ge3 tyun4 deoi2 |
| 減低流失 | gaam2 dai1 lau4 sat1 |

| 優秀員工 | jau1 sau3 jun4 gung1 |
|---|---|
| 重要嘅一環 | zung6 jiu3 ge3 jat1 waan4 |
| 長遠發展 | coeng4 jun5 faat3 zin2 |
| 建立 | gin3 laap6 |
| 制度化 | zai3 dou6 faa3 |
| 銷售部 | siu1 sau6 bou6 |
| 公關部 | gung1 gwaan1 bou6 |
| 餐飲發展部 | caan1 jam2 faat3 zin2 bou6 |
| 有關嘅規劃 | jau5 gwaan1 ge3 kwai1 waak6 |
| 行之有效 | hang4 zi1 jau5 haau6 |
| 人事管理效率 | jan4 si6 gun2 lei5 haau6 leot2 |
| 提升 | tai4 sing1 |
| 大量 | daai6 loeng4 |
| 人員 | jan4 jun4 |
| 流動性 | lau4 dung6 sing3 |
| 不斷摸索 | bat1 dyun6 mo2 sok3 |
| 試驗 | si3 jim6 |
| 完善 | jun4 sin6 |
| 議程 | ji5 cing4 |

| 命脈 | ming6 mak6 |
| --- | --- |
| 資產 | zi1 caan2 |
| 調查研究 | diu6/tiu4 caa4 jin4 gau3 |
| 範疇 | faan6 cau4 |
| 共通點 | gung6 tung1 dim2 |
| 公司文化 | gung1 si1 man4 faa3 |
| 獎勵 | zoeng2 lai6 |
| 升遷制度 | sing1 cin1 zai3 dou6 |
| 培養 | pui4 joeng5 |
| 歸屬感 | gwai1 suk6 gam2 |
| 團隊合作性 | tyun4 deoi2 hap6 zok3 sing3 |
| 專業知識 | zyun1 jip6 zi1/zi3 sik1 |
| 落實執行 | lok6 sat6 zap1 hang4 |
| 以往慣例 | ji5 wong5 gwaan3 lai6 |
| 周年聯歡會 | zau1 nin4 lyun4 fun1 wui2 |
| 主管 | zyu2 gun2 |
| 輪流 | leon4 lau4 |
| 輪到 | leon4 dou3 |
| 樂意 | lok6 ji3 |

| 聯歡晚會 | lyun4 fun1 maan5 wui2 |
| --- | --- |
| 經濟行情 | ging1 zai3 hong4 cing4 |
| 平衡發展 | ping4 hang4 faat3 zin2 |
| 只顧工作 | zi2 gu3 gung1 zok3 |
| 缺少 | kyut3 siu2 |
| 陪伴 | pui4 bun6 |
| 長遠嚟講 | coeng4 jun5 lai4 gong2 |
| 動力 | dung6 lik6 |
| 言歸正轉 | jin4 gwai1 zing3 zyun3 |
| 預算 | ju6 syun3 |
| 嘉賓 | gaa1 ban1 |
| 年青 | nin4 cing1 |
| 新入職 | san1 jap6 zik1 |
| 成立 | sing4 laap6 |
| 細節 | sai3 zit3 |
| 批核 | pai1 hat6 |
| 籌辦 | cau4 baan6 |

## III. 活用短句

705.mp3

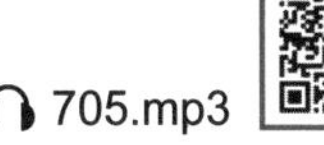

### 1. 開報告會
hoi1 bou3 gou3 wui2

Ngo5 ge3 jin2 gong2 zyu2 tai4 hai6 gwaan1 jyu1
我嘅演講主題係關於……

Ngo5 bou3 gou3 ge3 tai4 muk6 hai6
我報告嘅題目係……

Ngo5 ge3 bou3 gou3 fan1 hoi1 saam1 go3 bou6 fan6 sau2 sin1 hai6
我嘅報告分開三個部分……首先係……
gan1 zyu6 hai6 zeoi3 hau6 hai6
跟住係……最後係……

Ngo5 gam1 jat6 soeng2 gong2 ge3 cung4 dim2 hai6
我今日想講嘅重點係……

Ngo5 lai4 zou6 go3 zung2 git3
我嚟做個總結。

Daai6 gaa1 ho2 ji5 ceoi4 bin6 tai4 man6
大家可以隨便提問。

Ni1 go3 man6 tai4 bei2 gaau3 fuk1 zaap6 ngo5 dei6 saau2 hau6 zoi3 gong2
呢個問題比較複雜，我哋稍後再講
hou2 maa3
好嗎？

Ni1 go3 man6 tai4 ngo5 zi1 cin4 dou1 jau5 tai4 dou3
呢個問題，我之前都有提到。

Kei4 sat6 hai6
其實係……

Ni1 go3 man6 tai4 ji4 gaa1 mou5 zi1 liu2 hai2 sau2 ci4 di1
呢個問題，而家冇資料喺手，遲啲

fuk1 nei5 nei5 ho2 m4 ho2 ji5 lau4 dai1 lyun4 lok3 baan6 faat3 aa3
覆你，你可唔可以留低聯絡辦法呀？

Ngo5 baak3 fan6 zi1 baak3 jing6 tung4 nei5 ge3 nam2 faat3
我百分之百認同你嘅諗法。

Geoi3 ngo5 so2 zi1 si6 sat6 bing6 m4 hai6 gam3 joeng6
據我所知事實並唔係咁樣。

Jan1 wai4 si4 gaan1 so2 haan6 ngo5 dei6 m4 nang4 gau3 wui4 daap3 so2
因為時間所限，我哋唔能夠回答所

jau5 ge3 man6 tai4 Daai6 gaa1 ho2 ji5 zoeng3 man6 tai4 din6 jau4 bei2
有嘅問題。大家可以將問題電郵俾

ngo5 ngo5 dei6 jat1 ding6 wui2 wui4 daap3 nei5
我，我哋一定會回答你。

Ngo5 ge3 bou3 gou3 dou3 ni1 dou6 git3 cuk1 do1 ze6 gok3 wai2
我嘅報告到呢度結束，多謝各位。

## 2. 討論資金運用

tou2 leon6 zi1 gam1 wan6 jung6

| |
|---|
| Ngo5 dei6 ho2 m4 ho2 ji5 haan1 di1 ging1 fai3<br>我哋可唔可以慳啲經費？ |
| Jyun4 coi4 liu2 ge3 ging1 fai3 ho2 ji5 gaam2 gei2 do1 aa3<br>原材料嘅經費可以減幾多呀？ |
| Jing4 wan6 fai3 jung6 ho2 m4 ho2 ji5 gaam2 siu2 jat1 di1 aa3<br>營運費用可唔可以減少一啲呀？ |
| Jyu6 gai3 saang1 caan2 sing4 bun2 ho2 ji5 gaam2 siu2 gei2 do1 ne1<br>預計生產成本可以減少幾多呢？ |
| Ngo5 dei6 jyu6 gai3 ho2 ji5 gaam2 siu2 baak3 fan6 zi1 ji6 sap6 ge3<br>我哋預計可以減少百分之二十嘅<br>ging1 fai3 / sing4 bun2<br>經費 / 成本。 |
| Ngo5 dei6 gung1 si1 deoi3 jyu1 ne1 go3 hong6 muk6 ge3 tau4 zi1 ngaak6 hai6<br>我哋公司對於呢個項目嘅投資額係<br>gei2 do1 ne1<br>幾多呢？ |
| Ngo5 dei6 jyu6 gai3 tau4 zi1 ngaak6 hai6 loeng5 cin1 maan6<br>我哋預計投資額係兩千萬。 |

## 3. 談論經營狀況
taam4 leon6 ging1 jing4 zong6 fong3

Nei5 dei6 gung1 si1 ge3 coi4 mou6 zong6 fong3 hai6 dim2 ne1
你 哋 公 司 嘅 材 務 狀 況 係 點 呢 ？

Ngo5 dei6 gung1 si1 jau5 luk6 baak3 maan6 leoi6 zik1 jing4 jyu4
我 哋 公 司 有 六 百 萬 累 積 盈 餘 。

Gung1 si1 gam1 nin2 jau5 cek3 zi6
公 司 今 年 有 赤 字 。

Gau6 nin2 jau5 hing1 mei4 kwai1 syun2 gam1 nin4 muk6 biu1 hai6 wui4 fuk6
舊 年 有 輕 微 虧 損 ， 今 年 目 標 係 回 復

jing4 lei6 zong6 taai3
盈 利 狀 態 。

Nei5 dei6 gam1 nin2 ge3 muk6 biu1 jing4 lei6 hai6 gei2 do1 ne1
你 哋 今 年 嘅 目 標 盈 利 係 幾 多 呢 ？

Ngo5 dei6 gau6 nin2 jing4 lei6 hai6 jat1 cin1 maan6
我 哋 舊 年 盈 利 係 一 千 萬 。

Gam1 nin2 ge3 muk6 biu1 hai6 jat1 cin1 ji6 baak3 maan6
今 年 嘅 目 標 係 一 千 二 百 萬 。

## 4. 組織公司活動

zou2 zik1 gung1 si1 wut6 dung6

| |
|---|
| Gam1 nin2 gung1 si1 ge3 ceon1 ming5 hai6 gei2 si4 ne1<br>今年公司嘅春茗係幾時呢？ |
| Ni1 go3 jyut6 ge3 saang1 jat6 wui2 hai6 gei2 hou6 aa3<br>呢個月嘅生日會係幾號呀？ |
| Nei5 wui2 m4 wui2 caam1 gaa1 keoi5 ge3 fun1 sung3 wui2 aa3<br>你會唔會參加佢嘅歡送會呀？ |
| Bin1 go3 hai6 zeoi6 wui2 ge3 ziu6 zaap6 jan4 aa3<br>邊個係聚會嘅召集人呀？ |
| Bin1 go3 fu6 zaak3 zou2 zik1 aa3<br>邊個負責組織呀？ |

# faat³ leot⁶ pin¹<br>法律篇

# I. 職場情境會話

801.mp3

Hai2 leot6 si1 hang4gung1zok3daai6 do1 sou3 si4 gaan1
喺律師行工作大多數時間
dou1 seoi1 jiu3 jung6 dou3Gwong2Dung1waa6 jan1 wai4 jiu3 cyu3 lei5
都需要用到廣東話，因為要處理
haak3 wu6 ge3 caa4 seon1tung4faat3 leot6 si6 mou6 Zau6 syun3 m4 hai2
客戶嘅查詢同法律事務。就算唔喺
leot6 si1 hang4gung1zok3 zoi6 zik1 jan4 si6 cyu3 lei5 faat3 leot6 si6 mou6
律師行工作，在職人士處理法律事務
ge3 si4 hau6 Gwong2Dung1waa6 dou1 daai6paai3jung6coeng4
嘅時候，廣東話都大派用場。

## 1. 簽訂合約

cim1 deng6 hap6 joek3

Lei5 Daai6Baau1joek3 zo2 Ziu6 leot6 si1 gin3 min6
李大包約咗趙律師見面。

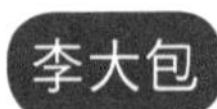


Ziu6 leot6 si1 ngo5gung1 si1 tai2 zung3 zo2 gei2 go3 pou1 wai2
趙律師，我公司睇中咗幾個鋪位。
Kei4 zung1 jau5 di1 hai6 ngan4 zyu2 pun4 ngo5 haa6 go3 sing1 kei4
其中有啲係銀主盤，我下個星期
wui5 doi6 biu2 gung1 si1 heoi3paak3maai6wui2
會代表公司去拍賣會，
ngo5 dei6 jau5 mat1 je5 jiu3 zyu3 ji3 ne1
我哋有乜嘢要注意呢？

**趙律師**

Ngan4 zyu2 pun4 paak3 maai6 ge3 mat6 jip6
銀主盤拍賣嘅物業，

maai5 ngan4 zyu2 pun4 jiu3 siu2 sam1 ge3 hai6 ngan4 zyu2
買銀主盤要小心嘅係銀主

m4 bou2 zing3 mat6 jip6 jip6 kyun4 loeng4 hou2
唔保證物業業權良好。

Nei5 zeoi3 hou2 heoi3 Tin4 tou2 teng1 caa4 jat1 caa4 jip6 kyun4
你最好去田土廳查一查業權，

sin1 zi3 sam1 gaa1 ging6 tau4 mat6 jip6 jip6 kyun4 jau5 man6 tai4
先至參加競投，物業業權有問題

wui5 jing2 hoeng2 mat6 jip6 gaa3 zik6
會影響物業價值。

**李大包**

Ming4 baak6 ho2 m4 ho2 ji5 cing2 nei5 bong1 ngo5 dei6
明白！可唔可以請你幫我哋

caa4 jat1 caa4 ne1
查一查呢？

**趙律師**

Mou5 man6 tai4 ngo5 bong1 nei5 caa4 jat1 caa4 jip6 kyun4
冇問題，我幫你查一查業權，

nei5 bei2 mat6 jip6 dei6 zi2 ngo5 dak1 gaa2 laa1
你俾物業地址我得㗎喇。

**李大包**

Hou2 ngo5 gam1 jat6 din6 jau4 bei2 nei5
好，我今日電郵俾你。

Ling6 ngoi6 ngo5 dei6 tai2 zung3 zo2 Zim1 Saa1 Zeoi2 jat1 go3
另外我哋睇中咗尖沙咀一個

soeng1 zyu6 daan1 wai2 ngo5 dei6 ji5 ging1 sat6 dei6 tai2 gwo3
商住單位，我哋已經實地睇過

gwo2 go3 daan1 wai2 ho2 m4 ho2 ji5 ceng2 nei5 bong1 ngo5 dei6
果個單位，可唔可以請你幫我哋

caa4 jat1 caa4 jip6 kyun4
查一查業權？

Gaa3 cin4 dou1 king1 dou3 cat1 cat1 baat3 baat3 laa3
價錢都傾到七七八八喇，

zeon2 bei6 cim1 joek3 soeng2 ceng2 nei5 zou6 ngo5 dei6 ge3
準備簽約，想請你做我哋嘅

doi6 biu2 leot6 si1
代表律師。

**趙律師**

Mou5 man6 tai4 ngo5 bong1 nei5 caa4 jat1 caa4
冇問題，我幫你查一查，

Zi1 hau6 nei5 ceng2 maai6 fong1 ge3 leot6 si1
之後你請賣方嘅律師

lyun4 lok3 ngo5 dei6 zau6 dak1 ge3 laa3
聯絡我哋就得嘅喇。

**李大包**

Ngo5 dei6 ting1 jat6 wui2 cim1 lam4 si4 maai5 maai6 hap6 joek3
我哋聽日會簽臨時買賣合約，

dou3 si4 ngo5 wui5 man6 man6 maai6 fong1 leot6 si1 ge3 zi1 liu2
到時我會問問賣方律師嘅資料。

**趙律師**

Gam3 faai3 zau6 cim1 lam4 joek3
咁快就簽臨約？

Nei5 tai2 cing1 co2 fan6 hap6 joek3 mei6 gaa3
你睇清楚份合約未㗎？

**李大包**

Deoi3 fong1 waa6 keoi5 dei6 wui5 jung6 dei6 caan2 ging1 gei2
對方話佢哋會用地產經紀

ping4 si4 jung6 ge3 biu1 zeon2 lam4 joek3
平時用嘅標準臨約，

zi2 hai6 gaa1 gei2 tiu4 fu6 gaa1 tiu4 fun2 ze1
只係加幾條附加條款啫，

ngo5 gok3 dak1 jing3 goi1 mou5 man6 tai4 ge3
我覺得應該冇問題嘅。

**趙律師**

Jyu4 gwo2 jung6 dei6 caan2 gung1 si1 ge3 biu1 zeon2 lam4 joek3
如果用地產公司嘅標準臨約，

zi2 hai6 tin4 soeng5 mat6 jip6 dei6 zi2
只係填上物業地址、

maai5 maai6 soeng1 fong1 zi1 liu2 zau6 mou5 man6 tai4
買賣雙方資料就冇問題。

Bat1 gwo3 jyu4 gwo3 deoi3 fong1 wui5 gaa1 fu6 gaa1 tiu4 fun2
不過如果對方會加附加條款

waak6 ze2 bou2 cung1 tiu4 fun2 nei5 zau6 jiu3 siu2 sam1
或者補充條款，你就要小心。

Jau5 ho2 nang4 hai6 mat6 jip6 jau5 haa4 ci1
有可能係物業有瑕疵，

jik6 dou1 daam1 sam1 maai6 fong1 gaau1 lau4 go2 zan6 si4
亦都擔心賣方交樓嗰陣時

tung4 nei5 zi1 cin4 tai2 ge3 zong6 taai3 jau5 ceot1 jap6
同你之前睇嘅狀態有出入。

Seoi1 jin4 zi2 hai6 lam4 joek3
雖然只係臨約，

daan6 hai6 jau5 faat3 leot6 joek3 cuk1 lik6
但係有法律約束力，

nei5 cim1 zo2 zau6 doi6 biu2
你簽咗就代表

nei5 tung4 ji3 hap6 joek3 noi6 ge3 so2 jau5 tiu4 fun2
你同意合約內嘅所有條款，

zi1 hau6 ceoi4 fei1 soeng1 fong1 tung4 ji3
之後除非雙方同意，

se2 hai2 hap6 joek3 noi6 ge3 tiu4 fun2 m4 ho2 ji5 goi2 bin3
寫喺合約內嘅條款唔可以改變，

ni1 go3 zau6 hai6 hap6 joek3 zing1 san4
呢個就係合約精神。

**李大包**
Hou2 coi2 nei5 tai4 seng2 ngo5 dei6 ting1 jat6 ngo5 dei6
好彩你提醒我哋，聽日我哋

siu2 sam1 di1 tai2 tai2 fan6 lam4 joek3 jyu4 gwo2 jau5 waai4 ji4
小心啲睇睇份臨約，如果有懷疑，

ngo5 dei6 zau6 m4 cim1 zyu6 din6 jau4 bei2 nei5 tai2 tai2 sin1
我哋就唔簽住，電郵俾你睇睇先。

**趙律師**
Gam3 zau6 wan2 zan6 di1
咁就穩陣啲。

**李大包**
Ming4 baak6 m4 goi1 saai3
明白，唔該晒！

Ziu6 leot6 si1 ngo5 jau5 go3 wui2 jiu3 hoi1
趙律師，我有個會要開，

ngo5 zau2 sin1 zoi3 lyun4 lok3 nei5
我走先，再聯絡你。

**趙律師**
Nei5 ceoi4 si4 wan2 ngo5 laa1
你隨時搵我啦！

## 2. 貸款抵押
taai3 fun2 dai2 aat3

802.mp3

Lei5 Daai6 Baau1 gung1 si1 soeng2 kong3 daai6 jip6 mou6, keoi5 ge3 lou5 baan2 giu3
李大包公司想擴大業務，佢嘅老闆叫

keoi5 tung4 ngan4 hong4 tung4 leot6 si1 lau4 lyun4 lok3, king1 haa5 di1 sai3 zit3
佢同銀行同律師樓聯絡，傾下啲細節。

**李大包**

Ziu6 leot6 si1, ngo5 ge3 gung1 si1 soeng2 kong3 daai6
趙律師，我嘅公司想擴大

jip6 mou6 faan6 wai4, seoi1 jiu3 jing4 wan6 zi1 gam1,
業務範圍，需要營運資金，

ngo5 dei6 tung4 ngan4 hong4 ji5 ging1 co1 bou6 king1 hou2,
我哋同XX銀行已經初步傾好，

ngo5 dei6 wan2 nei5 hai6 soeng2 cing2 nei5 doi6 biu2 ngo5 dei6 gung1 si1
我哋搵你係想請你代表我哋公司

tung4 ngan4 hong4 cyu3 lei5 faat3 leot6 man4 gin6
同銀行處理法律文件。

**趙律師**

Ho2 ji5, ngo5 seoi1 jiu3 liu5 gaai2 do1 di1
可以，我需要瞭解多啲

geoi6 tai2 cing4 fong3, hou2 ci5 taai3 fun2 ngaak6
具體情況，好似貸款額、

dai2 aat3 ban2 dang2 dang2
抵押品等等。

Ceng2 nei5 zoeng3 soeng1 gwaan1 man4 gin6 bei2 ngo5 dei6 leot6 si1 lau4,
請你將相關文件俾我哋律師樓，

ngo5 dei6 zau6 ho2 ji5 hoi1 ci2 bong1 nei5 zeon2 bei6
我哋就可以開始幫你準備

taai3 fun2 man4 gin6 tung4 lyun4 lok3 ngan4 hong4
貸款文件同聯絡XX銀行。

Ngan4 hong4 man4 gin6 jat1 dou3 ngo5 zau6 tung1 zi1 nei5
銀行文件一到我就通知你。

**李大包**
Ni1 ci3 zan1 hai6 jiu3 baai3 tok3 nei5
呢次真係要拜託你。

Saam1 jat6 hau6 Ziu6 leot6 si1 daa2 din6 waa2 bei2 Lei5 Daai6 Baau1
三日後趙律師打電話俾李大包。

**趙律師**
Lei5 Daai6 Baau1 ngo5 hai6 Ziu6 leot6 si1
李大包，我係趙律師。

**李大包**
Ziu6 leot6 si1 nei5 hou2
趙律師，你好！

**趙律師**
Ngo5 dei6 ji5 ging1 zou6 hou2 taai3 fun2 hip3 ji5
我哋已經做好貸款協議，

ngo5 ji4 gaa1 din6 jau4 bei2 nei5
我而家電郵俾你。

**李大包**
M4 goi1 nei5 ngo5 wui2 coeng4 sai3 tai2 tai2
唔該你，我會詳細睇睇。

Ngo5 dei6 tai2 ge3 si4 hau6 jiu3 zyu3 ji3 mat1 je5 ne1
我哋睇嘅時候要注意乜嘢呢？

**趙律師**
Taai3 fun2 hip3 ji3 syu1 hai6 hou2 cung4 jiu3 ge3 man4 gin6
貸款協議書係好重要嘅文件。

Cing2 nei5 hat6 deoi3 jat1 haa5 ze3 fun2 jan4 sing3 ming4
請你核對一下借款人姓名、

taai3 fun2 ngaak2 waan4 fun2 kei4 waan4 fun2 ngon1 paai4
貸款額、還款期、還款安排、

lei6 leot2 lei6 sik1 gai3 syun3 fong1 faat3
利率、利息計算方法、

bou2 zing3 jan4 sing3 ming4 dai2 aat3 mat6 jip6 dei6 zi2
保證人姓名、抵押物業地址

tung4 soeng1 gwaan1 zi1 liu2 taai3 fun2 sing4 nok6 tung4 tiu4 fun2
同相關資料、貸款承諾同條款。

Jyu4 gwo2 nei5 faat3 jin6 jau5 man6 tai4 waak6 ze2
如果你發現有問題或者

jau5 m4 cing1 co2 ge3 dei6 fong1 nei5 zik1 hak1 daa2 bei2 ngo5
有唔清楚嘅地方，你即刻打俾我。

**李大包**

Hou2 ngo5 tai2 tai2 jau5 man6 tai4 nei5
好，我睇睇，有問題 call 你。

**趙律師**

OK！

Ng5 jat6 hau6
五日後。

**趙律師**

Lei5 Daai6 Baau1 taai3 fun2 tung4 dai2 aat3 man4 gin6
李大包，貸款同抵押文件

ji5 ging1 ngon1 ngan4 hong4 tung4 nei5 dei6 soeng1 fong1 tung4 ji3 ge3
已經按銀行同你哋雙方同意嘅

noi6 jung4 goi2 hou2 laa3
內容改好喇。

Nei5 dei6 ho2 ji5 gwo3 lai4 cim1 joek3
你哋可以過嚟簽約。

**李大包**

Zan1 hai6 m4 goi1 saai3 nei5
真係唔該晒你，

ngo5 dei6 hau6 jat6 soeng5 nei5 baan6 gung1 sat1
我哋後日上你辦公室。

**趙律師**

Ho2 ji5, cing2 nei5 daai3 gung1 si1 jan3 zoeng1,
可以，請你帶公司印章，

so2 jau5 cim1 cyu5 man4 gin6 ge3 jan4 jiu3 daai3
所有簽署文件嘅人要帶

san1 fan2 zing3 ming4 man4 gin6,
身份證明文件，

zung6 jau5 dai2 aat3 mat6 jip6 ge3 lau4 kai3.
仲有抵押物業嘅樓契。

Nei5 dei6 soeng5 lai4 cim1 hou2 man4 gin6 zi1 hau6,
你哋上嚟簽好文件之後，

ngo5 dei6 wui5 zoeng3 man4 gin6 sung3 heoi3 ngan4 hong4,
我哋會將文件送去銀行，

ngan4 hong4 cim1 hou2 zau6 ho2 ji5 fong3 fun2 laa3,
銀行簽好就可以放款喇，

daai6 koi3 seoi1 jiu3 jat1 loeng5 go3 gung1 zok3 tin1.
大概需要一兩個工作天。

Jyu4 gwo2 mou5 man6 tai4, ngo5 dei6 hau6 jat6 gin3.
如果冇問題，我哋後日見。

**李大包**

M4 goi1 saai2 nei5, ngo5 dei6 hau6 jat6 gin3.
唔該晒你，我哋後日見。

## 3. 集資上市

zaap6 zi1 soeng5 si5

🎧 803.mp3

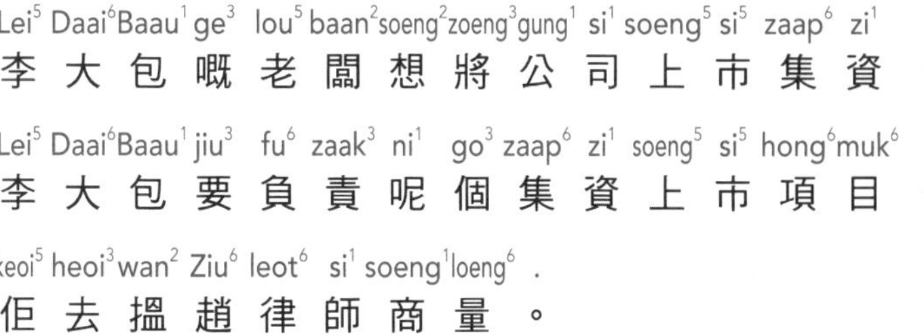

Lei5 Daai6Baau1 ge3 lou5 baan2 soeng2 zoeng3 gung1 si1 soeng5 si5 zaap6 zi1
李大包嘅老闆想將公司上市集資，
Lei5 Daai6Baau1 jiu3 fu6 zaak3 ni1 go3 zaap6 zi1 soeng5 si5 hong6 muk6
李大包要負責呢個集資上市項目，
keoi5 heoi3 wan2 Ziu6 leot6 si1 soeng1 loeng6 .
佢去搵趙律師商量。

**李大包**

Ziu6 leot6 si1 ngo5 lou5 baan2 gok3 dak1 ngo5 dei6 gung1 si1
趙律師，我老闆覺得我哋公司
ni1 sap6 nin4 jip6 zik1 m4 co3 keoi5 jing6 wai4 gung1 si1 jau5
呢十年業績唔錯，佢認為公司有
zuk1 gau3 sat6 lik6 hai2 zyu2 baan2 soeng5 si5
足夠實力喺主板上市。
Ngo5 dei6 zip3 zuk1 gwo3 bou2 zin3 jan4
我哋接觸過保薦人，
keoi5 dei6 tai2 gwo3 ngo5 dei6 gung1 si1 jip6 zik1 zi1 hau6
佢哋睇過我哋公司業績之後，
gok3 dak1 soeng5 si5 gai3 waak6 ho2 hang4
覺得上市計劃可行。
Ngo5 dei6 zung6 mei6 king1 sai3 zit3
我哋仲未傾細節，
ngo5 dei6 jiu3 zou6 mat1 je5 zeon2 bei6 ne1
我哋要做乜嘢準備呢？
Tung4 jau5 mat1 faat3 leot6 man6 tai4 jiu3 zyu3 ji3 ne1
同有乜法律問題要注意呢？

**趙律師**

Soeng5 si5 zaap6 zi1 ge3 hou2 cyu3 hai6 ho2 ji5 hai2
上市集資嘅好處係可以喺

si5 coeng4 soeng6 min6 dak1 dou3 jat1 bat1 zi1 gam1
市場上面得到一筆資金，

zou6 gung1 si1 faat3 zin2 ge3 ging1 fai3
做公司發展嘅經費。

Daan6 hai6 ling6 jat1 fong1 min6
但係另一方面，

soeng5 si5 gung1 si1 seoi1 jiu3 fu6 hap6 hou2 do1 kwai1 ding6
上市公司需要符合好多規定，

jik6 dou1 jiu3 tung4 gung1 zung3 gaau1 doi6
亦都要同公眾交代。

Mui5 gwai3 jiu3 zou6 coi4 mou6 bou3 gou3
每季要做財務報告，

mui5 nin4 jiu3 zou6 nin4 bou3 hoi1 gu2 dung1 daai6 wui2
每年要做年報，開股東大會。

Gung1 si1 zou6 kyut3 ding6 ge3 si4 hau6 do1 zo2 hou2 do1
公司做決定嘅時候多咗好多

jiu3 haau2 leoi6 ge3 jan1 sou3
要考慮嘅因素，

jau5 si4 faan2 ji4 wui2 zo2 ngoi6 gung1 si1 faat3 zin2
有時反而會阻礙公司發展。

Gung1 si1 soeng5 zo2 si5 zi1 hau6 wui2 do1 zo2 coi4 mou6
公司上咗市之後會多咗財務

tung4 faat3 leot6 zaak3 jam6 nei5 jiu3 tai4 jat1 tai4 nei5 lou5 baan2
同法律責任，你要提一提你老闆。

**李大包**

Do1 ze6 nei5 tai4 sing2 ngo5 dei6 ji5 ging1 tou2 leon6 gwo3
多謝你提醒，我哋已經討論過

ni1 di1 man6 tai4 Lou5 baan2 gok3 dak1 soeng5 si5 m4 zi2
呢啲問題。老闆覺得上市唔只

ho2 ji5 zaap6 zi1 zung6 ho2 ji5 tai4 gou1 zi1 ming4 dou6
可以集資，仲可以提高知名度，

keoi5 gok3 dak1 hou2 cyu3 do1 gwo3 waai6 cyu3
佢覺得好處多過壞處。

**趙律師** gam3 ngo5 wui2 tung4 nei5 dei6 jat1 cai4 zou6 jat1 go3
OK！咁我會同你哋一齊做一個

cung4 zou2 fong1 ngon3 ding6 lap6 gung1 si1 gaa3 kau3
重組方案，訂立公司架構。

**李大包** Haa2 jiu3 cung4 zou2
吓，要重組？

Ngo5 dei6 gung1 si1 gaa3 kau3 jau5 man6 tai4 me1
我哋公司架構有問題咩？

**趙律師** Jiu3 tai2 haa6 nei5 dei6 ji4 gaa1 ge3 gaa3 kau3 ho2 m4 ho2 ji5
要睇下你哋而家嘅架構可唔可以

fu4 hap6 soeng1 gwaan1 kwai1 ding6
符合相關規定。

Zoeng3 gaa3 kau3 zing1 gaan2 tung4 kwai1 faan6 faa3
將架構精簡同規範化，

gam3 soeng5 si5 sing4 gung1 ge3 gei1 wui2 wui2 daai6 hou2 do1
咁上市成功嘅機會會大好多。

zung6 jau5 ji4 gaa1 hou2 do1 gung1 si1 soeng5 si5 ge3 si4 hau6
仲有，而家好多公司上市嘅時候

wui5 jan1 wai4 seoi3 mou6 soeng5 ge3 haau2 leoi6
會因為稅務上嘅考慮

ji4 syun2 zaak6 hai2 hoi2 ngoi6 zyu3 caak3
而選擇喺海外註冊，

hou2 ci5 Baak3 mou6 daat6 Hoi1 maan6 kwan4 dou2 dang2 dang2
好似百慕達、開曼群島等等，

gung1 si1 cung4 zou2 ge3 si4 hau6 zau6 ho2 ji5
公司重組嘅時候就可以

zoeng3 gu2 fan2 zyun2 ji4 dou3 hoi2 ngoi6 zyu3 caak3
將股份轉移到海外註冊。

**李大包**

Do1 ze6 nei5 ge3 faat3 leot6 ji3 gin3
多謝你嘅法律意見，

ngo5 wui5 gong2 bei2 ngo5 lou5 baan2 zi1
我會講俾我老闆知，

haa6 ci3 keoi5 wui5 jat1 cai4 tung4 nei5 hoi1 wui2
下次佢會一齊同你開會，

ni1 ci3 jau6 jiu3 maa4 faan4 nei5
呢次又要麻煩你。

**趙律師**

Hei1 mong6 bong1 dou2 sau2
希望幫到手。

# II. 實用詞彙

804.mp3

|  |  |
|---|---|
| 銀主盤 | ngan4 zyu2 pun4 |
| 拍賣會 | paak3 maai6 wui2 |
| 物業 | mat6 jip6 |
| 保證 | bou2 zing3 |
| 業權 | jip6 kyun4 |
| 良好 | loeng4 hou2 |
| 田土廳 | Tin4 tou2 teng1 |
| 競投 | ging6 tau4 |
| 物業價值 | mat6 jip6 gaa3 zik6 |
| 物業地址 | mat6 jip6 dei6 zi2 |
| 商住單位 | soeng1 zyu6 daan1 wai2 |
| 簽約 | cim1 joek3 |
| 代表律師 | doi6 biu2 leot6 si1 |
| 賣方律師 | maai6 fong1 leot6 si1 |
| 臨時買賣合約(臨約) | lam4 si4 maai5 maai6 hap6 joek3 (lam4 joek3) |
| 地產經紀 | dei6 caan2 ging1 gei2 |
| 標準臨約 | biu1 zeon2 lam4 joek3 |
| 附加條款 | fu6 gaa1 tiu4 fun2 |
| 補充條款 | bou2 cung1 tiu4 fun2 |
| 瑕疵 | haa4 ci1 |
| 交樓 | gaau1 lau2 |

| 狀態 | zong6 taai3 |
|---|---|
| 有出入 | jau5 ceot1 jap6 |
| 法律約束力 | faat3 leot6 joek3 cuk1 lik6 |
| 雙方同意 | soeng1 fong1 tung4 ji3 |
| 合約精神 | hap6 joek3 zing1 san4 |
| 提醒 | tai4 seng2 |
| 穩陣 | wan2 zan6 |
| 貸款 | taai3 fun2 |
| 抵押 | dai2 aat3 |
| 擴大業務 | kwong3 daai6 jip6 mou6 |
| 律師樓 | leot6 si1 lau4 |
| 業務範圍 | jip6 mou6 faan6 wai4 |
| 營運資金 | jing4 wan6 zi1 gam1 |
| 初步 | co1 bou6 |
| 具體情況 | geoi6 tai2 cing4 fong3 |
| 貸款額 | taai3 fun2 ngaak2 |
| 抵押品 | dai2 aat3 ban2 |
| 貸款協議書 | taai3 fun2 hip3 ji3 syu1 |
| 文件 | man4 gin2 |
| 核對 | hat6 deoi3 |
| 借款人姓名 | ze3 fun2 jan4 sing3 ming4 |

| 還款期 | waan4 fun2 kei4 |
|---|---|
| 還款安排 | waan4 fun2 on1 paai4 |
| 利率 | lei6 leot2 |
| 利息計算方法 | lei6 sik1 gai3 syun3 fong1 faat3 |
| 保證人姓名 | bou2 zing3 jan4 sing3 ming4 |
| 相關資料 | soeng1 gwaan1 zi1 liu2 |
| 貸款承諾 | taai3 fun2 sing4 nok6 |
| 雙方同意 | soeng1 fong1 tung4 ji3 |
| 公司印章 | gung1 si1 jan3 zoeng1 |
| 簽署文件 | cim1 cyu5 man4 gin2 |
| 身份證明文件 | san1 fan2 zing3 ming4 man4 gin2 |
| 樓契 | lau4 kai3 |
| 放款 | fong3 fun2 |
| 兩個工作天 | loeng5 go3 gung1 zok3 tin1 |
| 上市集資 | soeng5 si5 zaap6 zi1 |
| 商量 | soeng1 loeng4 |
| 實力 | sat6 lik6 |
| 主板 | zyu2 baan2 |
| 保薦人 | bou2 zin3 jan4 |
| 法律問題 | faat3 leot6 man6 tai4 |
| 發展經費 | faat3 zin2 ging1 fai3 |

| 符合規定 | fu4 hap6 kwai1 ding6 |
| --- | --- |
| 同公眾交代 | tung4 gung1 zung3 gaau1 doi6 |
| 每季 | mui5 gwai3 |
| 財務報告 | coi4 mou6 bou3 gou3 |
| 年報 | nin4 bou3 |
| 開股東大會 | hoi1 gu2 dung1 daai6 wui2 |
| 阻礙發展 | zo2 ngoi6 faat3 zin2 |
| 法律責任 | faat3 leot6 zaak3 jam6 |
| 提高知名度 | tai4 gou1 zi1 ming4 dou6 |
| 重組方案 | cung5 zou2 fong1 on3 |
| 訂立 | ding6 laap6 |
| 公司架構 | gung1 si1 gaa3 kau3 |
| 精簡 | zing1 gaan2 |
| 規範化 | kwai1 faan6 faa3 |
| 稅務 | seoi3 mou6 |
| 海外註冊 | hoi2 ngoi6 zyu3 caak3 |
| 股份 | gu2 fan2 |
| 轉移 | zyun2 ji4 |

## III. 活用短句

### 1. 約時間開會
joek3 si4 gaan3 hoi1 wui2

Ting3 jat6 joek3 nei5 king1 di1 je5 fong1 m4 fong1 bin6 aa3
聽日約你傾啲嘢方唔方便呀？

Cing2 man6 nei5 ting3 jat6 hai2 m4 hai2 gung1 si1 aa3
請問你聽日喺唔喺公司呀？

Ngo5 jau5 go3 gai3 waak6 soeng2 tung4 nei5 soeng1 loeng4
我有個計劃想同你商量。

Hou2 aa3, gei2 dim2 dou1 dak1
好呀，幾點都得。

Deoi3 m4 zyu6, ting3 jat6 soeng6 zau3 hou2 mong4, haa6 zau3 ho2 ji5
對唔住，聽日上晝好忙，下晝可以。

M4 hou2 ji3 si1, ting3 jat6 m4 dak1, hau6 jat6 tung4 haa6 sing1 kei4 dou1 ho2 ji5
唔好意思，聽日唔得，後日同下星期都可以。

Ngo5 dei6 soeng2 joek3 nei5 hoi1 wui2. Cing2 man6 gei2 si4 fong1 bin6 ne1
我哋想約你開會。請問幾時方便呢？

Haa6 sing1 kei4 jat1 haa6 zau3 sei3 dim2 dak1 m4 dak1 aa3
下星期一下晝四點得唔得呀？

## 2. 電話會議
din6 waa2 wui6 ji5

Do1 ze6 daai6 gaa1 caam1 gaa1 ne1 go3 din6 waa2 wui6 ji5
多謝大家參加呢個電話會議。

Ngo5 dei6 ji4 gaa1 zau6 hoi1 wui2
我哋而家就開會，

dang2 ngo5 gaai3 siu6 caam1 gaa1 wui6 ji5 ge3 doi6 biu2
等我介紹參加會議嘅代表。

Dang2 ngo5 gaan2 daan1 gong2 haa5 gam1 ci3 ge3 ji5 cing4
等我簡單講下今次嘅議程。

Daai6 gaa1 jau5 mou5 man6 tai4 Jyu4 gwo2 mou5 man6 tai4
大家有冇問題？如果冇問題，

ngo5 dei6 zau6 zeon3 jap6 haa6 jat1 go3 ji5 cing4
我哋就進入下一個議程。

Jau1 wui2 sap6 fan1 zung1
休會十分鐘。

Ngo5 zung6 jau5 jat1 go3 man6 tai4 jiu3 gong2
我仲有一個問題要講。

Ngo5 soeng2 bou2 cung1 jat1 dim2
我想補充一點。

Deoi3 nei5 ge3 ji3 gin3 ngo5 soeng2 bou2 cung1 jat1 haa5
對你嘅意見，我想補充一下。

Dou3 ji4 gaa1 wai4 zi2 daai6 gaa1 jau5 mou5 man6 tai4 aa3
到而家為止，大家有冇問題呀？

Zeoi3 hau6 jat1 hong6 ji5 cing4 hai6
最後一項議程係……

Cing2 man6 jau5 mou5 kei4 taa1 si6 hong6 jiu3 tou2 leon6 ge3 ne1
請問有冇其他事項要討論嘅呢？

Gam1 jat6 wui6 ji5 git3 cuk1 zi1 cin4 ngo5 soeng2 gwai1 naap6 jat1 haa5
今日會議結束之前，我想歸納一下。

Gam1 jat6 ge3 wui6 ji5 git3 cuk1 do1 ze6 daai6 gaa1
今日嘅會議結束，多謝大家。

Haa6 ci3 wui2 kei4 hai6 luk6 jyut6 ji6 sap6 cat1 hou6
下次會期係六月二十七號。

## 3. 尋求建議
cam4 kau4 gin3 ji5

Jau5 mou5 hou2 ge3 gin3 ji5 ne1
有冇好嘅建議呢？

Cing2 man6 nei5 jau5 mat1 je5 gin3 ji5 ne1
請問你有乜嘢建議呢？

Nei5 jau5 mat1 je5 tai4 dim2 ngo5 ne1
你有乜嘢提點我呢？

Do1 ze6 nei5 ge3 zung1 guk1
多謝你嘅忠告。

Do1 ze6 nei5 ge3 gin3 ji5
多謝你嘅建議。

# bou² him² jip⁶ pin¹
# 保險業篇

# I. 職場情境會話

## 1. 介紹保險計劃

gaai3 siu6 bou2 him2 gai3 waak6

901.mp3

**江經理**

do1 ze6 nei5 gwo3 lai4 liu5 gaai2 ngo5 dei6
Harry，多謝你過嚟瞭解我哋

bou6 mun4 ge3 wan6 zok3 ngo5 tung4 nei5 gaai3 siu6 jat1 haa5
部門嘅運作，我同你介紹一下

ngo5 dei6 bou2 him2 bou6 ge3 bou2 him2 gai3 waak6
我哋保險部嘅保險計劃。

Gan6 gei2 nin4 ngo5 dei6 ge3 haak3 wu6 ji5 ging1
近幾年我哋嘅客戶已經

m4 zoi3 mun5 zuk1 jyu1 jat1 bun1 jan4 sau6 bou2 him2 gai3 waak6
唔再滿足於一般人壽保險計劃，

gan6 nin4 ngo5 dei6 zeoi3 sau6 fun1 jing4 ge3 hai6 ngai4 zat6 bou2 him2
近年我哋最受歡迎嘅係危疾保險

tung4 jau5 cyu5 cuk1 sing4 fan6 ge3 jan4 sau6 bou2 him2
同有儲蓄成份嘅人壽保險。

**李大包**

Ngai4 zat6 bou2 him2 tung4 cyun4 tung2 ji1 liu4 bou2 him2
危疾保險同傳統醫療保險

jau5 mat1 je5 m4 tung4 ne1
有乜嘢唔同呢？

**江經理**

Gaan2 daan1 lai4 gong2 cyun4 tung2 ji1 liu4 bou2 him2 hai6 bou2
簡單嚟講傳統醫療保險係保

jap6 jyun2 zou6 sau2 seot6 ge3 zyu6 jyun2 fai3 tung4 sau2 seot6 fai3
入院做手術嘅住院費同手術費，

ji4 ngai4 zat6 bou2 him2 ceoi4 zo2 ji1 liu4 fai3 jung6
而危疾保險除咗醫療費用

tung4 zyu6 jyun2 fai3 zi1 ngoi6 zung6 bou2 zoeng3 haak3 jan4
同住院費之外，仲保障客人

maan6 jat1 waan6 soeng5 ngai4 zat6 m4 nang4 gau3 gung1 zok3 ge3 si4 hau6
萬一患上危疾唔能夠工作嘅時候

gaa1 ting4 ge3 saang1 wut6 fai3
家庭嘅生活費。

Jat1 go3 jan4 waan6 soeng5 ngai4 zat6 hai6 jat1 gin6
一個人患上危疾係一件

hou2 jim4 cung4 ge3 si6 ngai4 zat6 waan6 ze2 m4 zi2 jiu3
好嚴重嘅事，危疾患者唔只要

fu6 ceot1 fei1 soeng4 pong4 daai6 ge3 ji1 liu4 fai3 jung6
付出非常龐大嘅醫療費用，

do1 sou3 ngai4 zat6 ge3 zi6 liu4 si4 gaan3 dou1 hou2 coeng4
多數危疾嘅治療時間都好長。

Jat1 fong1 min6 san1 tai2 jiu3 sing4 sau6 fei1 soeng4 daai6 ge3 tung3 fu2
一方面身體要承受非常大嘅痛苦，

ling6 jat1 fong1 min6 jan1 wai4 waan6 soeng5 ngai4 zat6 jing2 hoeng2 gung1 zok3
另一方面因為患上危疾影響工作

zau6 gang3 gaa1 jing2 hoeng2 zing3 soeng4 saang1 wut6
就更加影響正常生活，

saang1 wut6 hoi1 zi1 wui5 bin3 sing4 cung4 daai6 ge3 fu6 daam1
生活開支會變成重大嘅負擔，

ni1 zung2 fu6 daam1 sam6 zi3 wui2 jing3 hoeng2 gaa1 jan4
呢種負擔甚至會影響家人，

Ngai4 zat6 bou2 him2 ge3 ceot1 jin6 zau6 hai6 hei1 mong6
危疾保險嘅出現就係希望

gaam2 heng1 ne1 leoi6 ge3 fu6 daam1
減輕呢類嘅負擔。

**李大包**
Ming4 baak6 gam3 jau5 cyu5 cuk1 sing4 fan6 ge3 jan4 sau6 bou2 him2
明白，咁有儲蓄成份嘅人壽保險
tung4 pou2 tung1 ngan4 hong4 cyu5 cuk1 waak6 ze2 kei4 taa1
同普通銀行儲蓄或者其他
tau4 zi1 gung1 geoi6 jau5 mat1 m4 tung4
投資工具有乜唔同？

**江經理**
Jau5 cyu5 cuk1 sing4 fan6 ge3 jan4 sau6 bou2 him2 dou1 jau5
有儲蓄成份嘅人壽保險都有
dak6 ding6 ge3 muk6 biu1
特定嘅目標，
pei3 jyu4 jau5 dak6 ding6 ge3 muk6 biu1 gam1 ngaak2 tung4 nin4 kei4
譬如有特定嘅目標金額同年期。
Dak6 ding6 ge3 muk6 biu1 gam1 ngaak6 ho2 ji5 hai6 jat1 go3 sou3 zi6
特定嘅目標金額可以係一個數字，
hou2 ci5 ji6 baak3 maan6 baat3 baak3 maan6
好似二百萬、八百萬；
jau6 waak6 ze2 hai6 jat1 go3 jan4 saang1 muk6 biu1
又或者係一個人生目標，
hou2 ci5 zai2 neoi2 ge3 gaau3 juk6 ging1 fai3 dang2 dang2
好似仔女嘅教育經費等等。
Ni1 leoi6 ge3 bou2 him2 tung4 jat1 bun1
呢類嘅保險同一般
cyu5 cuk1 tung4 tau4 zi1 m4 tung4 ni1 leoi6 bou2 him2
儲蓄同投資唔同，呢類保險
gu3 ming4 si1 ji6 hai6 jau5 bou2 him2 sing4 fan6
顧名思義係有保險成份，

jyu4 gwo2 tau4 bou2 jan4 bat1 hang6 san1 gu3
如果投保人不幸身故，

ni1 leoi6 bou2 him2 wui5 jau5 jan4 sau6 bou2 him2 sing4 fan6
呢類保險會有人壽保險成份。

Ni1 leoi6 bou2 him2 ge3 ling6 jat1 go3 dak6 dim2
呢類保險嘅另一個特點

hai6 jau5 nin4 kei4 pei3 jyu4 ng5 nin4 sap6 nin4
係有年期，譬如五年、十年。

Tau4 bou2 jan4 ho2 ji5 on3 ziu3 zi6 gei2 ge3 seoi1 jiu3
投保人可以按照自己嘅需要

syun2 zaak6 sik1 hap6 zi6 gei2 ge3 nin4 kei4
選擇適合自己嘅年期，

gung1 mun5 so2 ding6 ge3 nin4 kei4 zau6 m4 seoi1 jiu3 gung1 fun2
供滿所定嘅年期就唔需要供款，

bou2 fai3 wui5 hai6 cyu5 cuk1 noi6 kau3 ceoi4
保費會係儲蓄內扣除，

cyu5 cuk1 tung4 so2 zaan6 dou2 ge3 lei6 sik1 wui5 gai3 zuk6 gwan2 cyun4
儲蓄同所賺到嘅利息會繼續滾存。

**李大包**

Ji4 gaa1 ge3 bou2 him2 caan2 ban2 zan1 hai6 jyu6 ceot1 jyu6 do1
而家嘅保險產品真係愈出愈多，

jau5 di1 faa1 do1 ngaan5 lyun6 .
有啲花多眼亂。

**江經理**

Haa1 haa1 ngo5 dei6 bou6 mun4 ge3 tung4 si6
哈哈，我哋部門嘅同事

go3 go3 dou1 sau6 gwo3 zyun1 jip6 fan3 lin6
個個都受過專業訓練，

jat1 ding6 ho2 ji5 bong1 haak3 jan4
一定可以幫客人

gaan2 dou3 hap6 sik1 ge3 caan2 ban2
揀到合適嘅產品。

## gan1 zeon3 bou2 him2 sok3 soeng4
## 2. 跟進保險索償

902.mp3

**江經理**
nei5 wan2 dak1 ngo5 gam3 gap1 jau5 mat1 je5 si6 aa3
Peter，你搵得我咁急有乜嘢事呀？

**Peter**
Gong1 ging1 lei5 ngo5 jau5 jat1 go3 haak3 jau5 jat1 go3
江經理，我有一個客有一個
bou2 him2 sok3 soeng4 ling6 ngo5 dei6 hou2 naan4 zou6
保險索償令我哋好難做。

**江經理**
Hai6 mat1 je5 man6 tai4 ne1
係乜嘢問題呢？

**Peter**
Ngo5 ge3 haak3 jan4 maai5 zo2 leoi5 jau4 bou2 him2
我嘅客人買咗旅遊保險，
keoi5 leoi5 jau4 tou4 zung1 faat3 saang1 zo2 m4 siu2 ge3 ji3 ngoi6
佢旅遊途中發生咗唔少嘅意外。
Keoi5 tung4 gaa1 jan4 heoi3 Jat6 Bun2 leoi5 jau4
佢同家人去日本旅遊，
jyu6 dou2 daai6 syut3 hong4 baan1 jin4 ng6
遇到大雪，航班延誤，
fo2 ce1 jin4 ng6 keoi5 jyun4 ding6 heoi3 ng5 jat6
火車延誤，佢原定去五日，
daan6 hai6 zeoi3 hau6 lau4 zo2 baat3 jat6
但係最後留咗八日，
keoi5 maai5 zo2 ng5 jat6 ge3 leoi5 jau4 bou2 him2
佢買咗五日嘅旅遊保險，

daan6 hai6 gam3 ngaam1 keoi5 ge3 baa4 baa1 hai2 dai6 luk6 jat6
但係咁啱佢嘅爸爸喺第六日

sam1 zong6 m4 syu1 fuk6 jap6 jyun2 zyu6 zo2 jat1 jat6
心臟唔舒服入院住咗一日。

Keoi5 kam4 jat6 lo2 saai3 di1 man4 gin6 zau2 dim3 daan1 geoi3
佢擒日攞晒啲文件，酒店單據、

jap6 jyun2 daan1 geoi3 gwo3 lai4 jiu3 sok3 soeng4 .
入院單據過嚟要索償。

Keoi5 ge3 cing4 fong3 ho2 dak6 syu4
佢嘅情況好特殊，

ngo5 soeng2 ceng2 gaau3 nei5 ge3 ji3 gin3
我想請教你嘅意見。

**江經理**

Ni1 go3 cing4 jing4 zan1 hai6 jau5 di1 naan4 gaau2
呢個情形真係有啲難搞，

dong1 zung1 ho2 nang4 jau5 jat1 di1
當中可能有一啲

mei6 nang4 pui4 soeng4 ge3 hong6 muk6
未能賠償嘅項目。

Nei5 joek3 jat1 joek3 haak3 jan4 gwo3 lai4
你約一約客人過嚟，

ngo5 dei6 tung4 keoi5 zoi3 king1 jat1 king1
我哋同佢再傾一傾，

zoi3 liu5 gaai2 jat1 haa6 coeng4 sai3 ge3 cing4 fong3
再瞭解一下詳細嘅情況。

**Peter**

Hou2 ngo5 daa2 syun3 joek3 keoi5 ting1 jat6 zoi3 lai4
好，我打算約佢聽日再嚟，

Gong1 ging1 lei5 nei5 jau5 mou5 si4 gaan1 gin3 gin3 keoi5 ne1
江經理你有冇時間見見佢呢？

江經理

Ting[1] jat[6] ngo[5] jau[5] jat[1] go[3] hou[2] cung[4] jiu[3] ge[3] wui[2] jiu[3] hoi[1]
聽日我有一個好重要嘅會要開，

ni[1] go[3] sing[1] kei[4] ng[5] ngo[5] ho[2] ji[5]
呢個星期五我可以，

nei[5] bong[1] ngo[5] joek[3] jat[1] joek[3] laa[1]
你幫我約一約啦！

Peter

Mou[5] man[6] tai[4] Ngo[5] joek[3] hou[2] zoi[3] tung[4] nei[5] kok[3] ding[6] laa[1]
冇問題，我約好再同你確定啦！

jan4 si6 gun2 lei5 zoeng2 lai6
tai4 sing1

## 3. 人事管理：獎勵、提升

903.mp3

Bou2 him2 bou6 ge3 Gong1 ging1 lei5 tung4 keoi5 bou6 mun4 ge3 jyun4 gung1 hoi1 wui2
保險部嘅江經理同佢部門嘅員工開會，

gong2 gwaan1 jyu1 sing1 zik1 gaa1 san1 ge3 biu1 zeon2
講關於升職加薪嘅標準。

**江經理**

Gam1 nin4 gung1 si1 sing1 zik1 gaa1 san1 ge3 biu1 zeon2
今年公司升職加薪嘅標準

ding6 zo2 lok6 lai4 gam1 ci3 hoi1 wui2 tung4 daai6 gaa1 gong2 gong2
定咗落嚟，今次開會同大家講講

san1 ding6 ge3 biu1 zeon2 Gung1 si1 hai6 daai6 zaap6 tyun4
新定嘅標準。公司係大集團，

so2 ji5 mui5 go3 bou6 mun4 jau5 m4 tung4 ge3 biu1 zeon2
所以每個部門有唔同嘅標準，

pei3 jyu4 jan4 lik6 zi1 jyun4 bou6 hang4 zing3 bou6
譬如人力資源部、行政部

nl1 di1 bou6 mun4 gan1 geoi3 zaap6 tyun4 zing2 tai2 ge3 jing4 lei6
呢啲部門根據集團整體嘅盈利

wui2 jau5 gaa1 san1 Bat1 gwo3 ngo5 dei6 ge3 bou6 mun4
會有加薪。不過我哋嘅部門

zeoi3 zyu2 jiu3 hai6 tai2 go3 jan4 tung4 siu2 zou2 jip6 zik1
最主要係睇個人同小組業績，

jip6 zik1 hou2 ge3 zau6 zing3 ming4 go3 jan4 ge3 nang4 lik6
業績好嘅就證明個人嘅能力

jik6 dou1 zing3 ming4 siu2 zou2 zou2 zoeng2 ge3 ling5 dou6 nang4 lik6
亦都證明小組組長嘅領導能力。

Nei5 waak6 ze2 wui5 gok3 dak1 ging1 zai3 hou2
你或者會覺得經濟好，

bin1 go3 zou6 jip6 zik1 dou1 wui5 hou2 ging1 zai3 m4 hou2
邊個做業績都會好；經濟唔好，

nei5 gei2 jau5 bun2 si6 dou1 zaan6 m4 dou1 cin2
你幾有本事都賺唔到錢。

Kei4 sat6 m4 hai6 mou4 leon6 ging1 zai3 hou2 m4 hou2
其實唔係，無論經濟好唔好

dou1 wui5 jau5 biu2 jin6 dak6 bit6 dat6 ceot1 ge3 jyun4 gung1
都會有表現特別突出嘅員工，

jik6 dou1 jau5 biu2 jin6 bei2 gaau3 jat1 bun1 ge3 jyun4 gung1
亦都有表現比較一般嘅員工。

Gung1 si1 zeoi3 san1 bei2 ngo5 dei6 bou6 mun4 ge3 zi2 jan5 zau6 hai6
公司最新俾我哋部門嘅指引就係

ji5 bou6 mun4 jip6 zik1 ge3 zung1 wai2 sou3 wai4 biu1 zeon2
以部門業績嘅中位數為標準，

jip6 zik1 hai6 zung1 wai2 sou3 ji5 soeng6 zau6 suk6 jyu1
業績係中位數以上就屬於

jip6 zik1 dat6 ceot1 ge3 jat1 kwan4 wui5 dak1 dou3 zoeng2 lai6
業績突出嘅一群，會得到獎勵；

soeng1 deoi3 zung1 wai2 sou3 ji5 haa6 ge3 tung4 si6
相對中位數以下嘅同事

zau6 seoi1 jiu3 gaa1 pui5 nou5 lik6
就需要加倍努力。

Ni1 go3 biu1 zeon2 hai6 bei2 gaau3 haak3 gun1
呢個標準係比較客觀，

daan6 hai6 ngo5 zi1 dou6 hai6 wui5 bei2 daai6 gaa1 ngaat3 lik6
但係我知道係會俾大家壓力，

jan1 wai4 jung6 bou6 mun4 zung1 wai2 sou3 gai3 syun3
因為用部門中位數計算，

jat1 ding6 jau5 jat1 bun3 tung4 si6 ciu1 gwo3 zung1 wai2 sou3
一定有一半同事超過中位數，

jat1 bun3 tung4 si6 m4 daat6 biu1
一半同事唔達標。

Ngo5 ming4 baak6 nI1 go3 hai6 ngo5 dei6 zung2 gung1 si1
我明白呢個係我哋總公司

jan5 jap6 ge3 ging6 zang1 gei1 zai3
引入嘅競爭機制，

zung2 gung1 si1 gok3 dak1 jau5 ging6 zang1 sin1 zi3 jau5 zeon3 bou6
總公司覺得有競爭先至有進步。

Ngo5 gok3 dak1 ngaat3 lik6 deoi3 ngo5 dei6 nI1 hong4
我覺得壓力對我哋呢行

kei4 sat6 ho2 ji5 zyun2 faa3 wai4 dung6 lik6
其實可以轉化為動力，

jik6 dou1 wui5 tai4 sing1 siu2 zou2 ge3 tyun4 git3
亦都會提升小組嘅團結。

Hei1 mong6 gok3 wai2 tung4 si6 liu5 gaai2 gung1 si1
希望各位同事瞭解公司

deoi3 tung4 si6 haau2 ping4 ge3 san1 biu1 zeon2 zi1 hau6
對同事考評嘅新標準之後

ho2 ji5 nou5 lik6 zou6 hou2 gung1 zok3
可以努力做好工作，

jyu4 gwo2 jau5 jam6 ho4 man6 tai4 ho2 ji5 ceoi4 si4 wan2 ngo5
如果有任何問題可以隨時搵我

waak6 ze2 tung4 nei5 ge3 siu2 zou2 zou2 zoeng2 tou2 leon6
或者同你嘅小組組長討論。

## II. 實用詞彙

904.mp3

| | |
|---|---|
| 運作 | wan$^{6}$ zok$^{3}$ |
| 保險部 | bou$^{2}$ him$^{2}$ bou$^{6}$ |
| 保險計劃 | bou$^{2}$ him$^{2}$ gai$^{3}$ waak$^{6}$ |
| 滿足 | mun$^{5}$ zuk$^{1}$ |
| 一般 | jat$^{1}$ bun$^{1}$ |
| 人壽保險 | jan$^{4}$ sau$^{6}$ bou$^{2}$ him$^{2}$ |
| 受歡迎 | sau$^{6}$ fun$^{1}$ jing$^{4}$ |
| 危疾保險 | ngai$^{4}$ zat$^{6}$ bou$^{2}$ him$^{2}$ |
| 有儲蓄成份 | jau$^{5}$ cyu$^{5}$ cuk$^{1}$ sing$^{4}$ fan$^{6}$ |
| 住院費 | zyu$^{6}$ jun$^{2}$ fai$^{3}$ |
| 手術費 | sau$^{2}$ seot$^{6}$ fai$^{3}$ |
| 保障 | bou$^{2}$ zoeng$^{3}$ |
| 萬一 | maan$^{6}$ jat$^{1}$ |
| 患上 | waan$^{6}$ soeng$^{5}$ |
| 生活費 | sang$^{1}$ wut$^{6}$ fai$^{3}$ |
| 治療時間 | zi$^{6}$ liu$^{4}$ si$^{4}$ gaan$^{3}$ |
| 承受 | sing$^{4}$ sau$^{6}$ |

| 負擔 | fu6 daam1 |
|---|---|
| 減輕 | gaam2 heng1 |
| 投資工具 | tau4 zi1 gung1 geoi6 |
| 特定 | dak6 ding6 |
| 目標 | muk6 biu1 |
| 譬如 | pei3 ju4 |
| 目標金額 | muk6 biu1 gam1 ngaak2 |
| 年期 | nin4 kei4 |
| 不幸身故 | bat1 hang6 san1 gu3 |
| 供滿 | gung1 mun5 |
| 供款 | gung1 fun2 |
| 保費 | bou2 fai3 |
| 儲蓄 | cyu5 cuk1 |
| 扣除 | kau3 ceoi4 |
| 滾存 | gwan2 cyun4 |
| 花多眼亂 | faa1 do1 ngaan5 lyun6 |
| 專業訓練 | zyun1 jip6 fan3 lin6 |

| 保險索償 | bou2 him2 sok3 soeng4 |
|---|---|
| 旅遊保險 | leoi5 jau4 bou2 him2 |
| 旅遊途中 | leoi5 jau4 tou4 zung1 |
| 發生意外 | faat3 sang1 ji3 ngoi6 |
| 航班延誤 | hong4 baan1 jin4 ng6 |
| 酒店單據 | zau2 dim3 daan1 geoi3 |
| 入院單據 | jap6 jun2 daan1 geoi3 |
| 情況特殊 | cing4 fong3 dak6 syu4 |
| 請教意見 | ceng2 gaau3 ji3 gin3 |
| 情形 | cing4 jing4 |
| 難搞 | naan4 gaau2 |
| 未能賠償嘅項目 | mei6 nang4 pui4 soeng4 ge3 hong6 muk6 |
| 升職 | sing1 zik1 |
| 加薪 | gaa1 san1 |
| 標準 | biu1 zeon2 |
| 大集團 | daai6 zaap6 tyun4 |
| 人力資源部 | jan4 lik6 zi1 jun4 bou6 |

| 行政部 | hang4 zing3 bou6 |
|---|---|
| 集團整體盈利 | zaap6 tyun4 zing2 tai2 jing4 lei6 |
| 小組業績 | siu2 zou2 jip6 zik1 |
| 證明 | zing3 ming4 |
| 個人能力 | go3 jan4 nang4 lik6 |
| 領導能力 | ling5 dou6 nang4 lik6 |
| 賺唔到錢 | zaan6 m4 dou2 cin2 |
| 表現突出 | biu2 jin6 dat6 ceot1 |
| 獎勵 | zoeng2 lai6 |
| 加倍努力 | gaa1 pui5 nou5 lik6 |
| 壓力 | aat3 lik6 |
| 中位數 | zung1 wai2 sou3 |
| 達標 | daat6 biu1 |
| 競爭機制 | ging6 zang1 gei1 zai3 |
| 轉化 | zyun2 faa3 |
| 動力 | dung6 lik6 |
| 考評 | haau2 ping4 |
| 指標 | zi2 biu1 |

# III. 活用短句

905.mp3

## 1. 向顧客推薦商品
hoeng3 gu3 haak3 teoi1 zin3 soeng1 ban2

| |
|---|
| Ngo5 wui5 hoeng3 nei5 teoi1 zin3 ni1 go3 zeoi3 san1 ge3 jing4 hou6<br>我會向你推薦呢個最新嘅型號。 |
| Ni1 go3 jing4 hou6 ge3 dak6 dim2 hai6<br>呢個型號嘅特點係…… |
| Ni1 go3 caan2 ban2 jau5 hou2 do1 zik6 dak1 gaai3 siu6 ge3 jau1 dim2<br>呢個產品有好多值得介紹嘅優點。 |
| Ni1 go3 caan2 ban2 sing3 gaa3 bei2 hai6 zeoi3 hou2 ge3<br>呢個產品性價比係最好嘅。 |

## 2. 討論營業目標

tou2 leon6 jing4 jip6 muk6 biu1

Gam1 nin4 ge3 siu1 sau6 muk6 biu1 hai6 gei2 do1 ne1
今年嘅銷售目標係幾多呢？

Gwai3 dou6 ge3 muk6 biu1 hai6 gei2 do1 ne1
季度嘅目標係幾多呢？

Muk6 biu1 siu1 sau6 ngaak2 hai6 gei2 do1 ne1
目標銷售額係幾多呢？

Gam1 nin4 ge3 muk6 biu1 hai6 jat1 cin1 maan6 mei5 gam1
今年嘅目標係一千萬美金。

Gwai3 dou6 muk6 biu1 hai6 cat1 baak3 maan6
季度目標係七百萬。

Haa6 go3 jyut6 ge3 muk6 biu1 hai6 jat1 baak3 saam1 sap6 maan6
下個月嘅目標係一百三十萬。

## 3. 索賠

sok3 pui4

Ngo5 jiu1 kau4 pui4 soeng4
我要求賠償。

Ngo5 wui5 hoeng3 faat3 ting4 san1 cing2 sok3 soeng4
我會向法庭申請索償。

Deoi3 m4 zyu6, nei5 ge3 sok3 soeng4 m4 hap6 lei5
對唔住，你嘅索償唔合理。

M4 hou2 ji3 si1, ngo5 dei6 m4 ho2 ji5 zip3 sau6 nei5 tai4 ceot1 ge3 jiu1 kau4
唔好意思，我哋唔可以接受你提出嘅要求。

Cing2 nei5 hoeng3 bou2 him2 gung1 si1 tai4 ceot1 sok3 soeng4
請你向保險公司提出索償。

# 物業管理篇

mat6 jip6 gun2 lei5 pin1

# I. 職場情境會話

## 1. 準備業主大會
zeon2 bei6 jip6 zyu2 daai6 wui2

1001.mp3

**余經理**

Ngo5 dei6 nguk1 jyun2 ge3 jip6 zyu2 lap6 ngon3 faat3 tyun4
我哋屋苑嘅業主立案法團

hei1 mong6 haa6 go3 jyut6 geoi2 hang4 zau1 nin4 daai6 wui2
希望下個月舉行周年大會，

tung4 si4 wui5 syun2 geoi2 san1 jat1 gaai3 ge3
同時會選舉新一屆嘅

faat3 tyun4 doi6 biu2 ngo5 dei6 jiu3 soeng1 loeng4 jat1 haa5
法團代表，我哋要商量一下

zyu3 ji3 si6 hong6 tung4 fan1 gung1
注意事項同分工。

Wui2 mou6 gung1 zok3 fan1 saam1 daai6 faai3
會務工作分三大塊，

dai6 jat1 hai6 wui2 coeng4 ngon1 paai4
第一係會場安排，

dai6 ji6 hai6 on3 ziu3 syun2 geoi2 zoeng1 zak1
第二係按照選舉章則

zou6 syun2 geoi2 ge3 zeon2 bei6
做選舉嘅準備，

zeoi3 hau6 jik6 hai6 zeoi3 cung4 jiu3 ge3 hai6
最後亦係最重要嘅係

syun1 cyun4 tung4 tung1 zi1 nguk1 jyun2 jip6 zyu2
宣傳同通知屋苑業主，

hei1 mong6 jau5 zuk1 gau3 jan4 sou3 caam1 gaa1
希望有足夠人數參加。

Gei3 dak1 saam1 nin4 cin4 jip6 zyu2 lap6 ngon3 faat3 tyun4
記得三年前業主立案法團

hoi1 wui2 jan4 sou3 bat1 zuk1 lau4 wui2
開會人數不足流會，

zi1 hau6 jau5 gei2 do1 sau2 mei5
之後有幾多手尾

tung4 maa4 faan4 si6 jiu3 cyu3 lei5
同麻煩事要處理。

**物業主任**

Ngo5 jau5 jat1 go3 tai4 ji3
我有一個提議，

hei1 mong6 ho2 ji5 zang1 gaa1 caam1 wui2 jan4 sou3
希望可以增加參會人數，

ngo5 dei6 ho2 ji5 tung4 si4 baan6 jat1 go3
我哋可以同時辦一個

zau1 nin4 maan5 jin3 ceng2 jat1 di1 ming4 sing1 lai4
周年晚宴，請一啲明星嚟

coeng3 haa5 go1 biu2 jin2 zo6 hing1
唱下歌表演助興。

**余經理**

Gam3 joeng2 zou6 jyu4 gwo2 sip3 kap6 syun2 geoi2
咁樣做……如果涉及選舉

gam3 zou6 m4 hai6 taai3 hap6 sik1
咁做唔係太合適，

ngo5 dei6 m4 ho2 ji5 ceot1 cin2 ceng2 jan4 sik6 faan6
我哋唔可以出錢請人食飯，

jan1 wai4 gam3 wui5 sip3 kap6 faan2 taam1 tiu4 lai6
因為咁會涉及反貪條例。

Daan6 hai6 jyu4 gwo2 jiu3 jip6 zyu2 zi6 gei2 ceot1 cin2
但係如果要業主自己出錢，
ngo5 gu2 gai3 caam1 gaa1 ge3 jan4 sou3 m4 do1
我估計參加嘅人數唔多。

**物業主任**

Ging1 lei5 gong2 dak1 ngaam1
經理講得啱，
ngo5 mou5 haau2 leoi6 dou3 ni1 di1 man6 tai4
我冇考慮到呢啲問題。
Gam3 ngo5 dei6 wai4 jau5 mui5 wu6 paai3 tung1 cyun4
咁我哋惟有每戶派通傳，
hei1 mong6 do1 di1 jan4 lai4 hoi1 wui2 laa1
希望多啲人嚟開會啦！

**余經理**

Hoi1 wui2 cin4 loeng5 jat6 ngo5 dei6 dou1 ho2 ji5 paai3 di1
開會前兩日我哋都可以派啲
tung4 si6 hai2 daai6 haa6 daai6 tong4 bong1 sau2 paai3 cyun4 daan1
同事喺大廈大堂幫手派傳單，
hoi1 wui2 dong1 jat6 ngo5 dei6 dou1 ho2 ji5 hai2
開會當日我哋都可以喺
daai6 haa6 daai6 tong4 tung4 nguk1 jyun2 gok3 cyu3
大廈大堂同屋苑各處
tai4 seng2 jip6 zyu2 caam1 gaa1 Ni1 ci3 jip6 zyu2 wui2
提醒業主參加。呢次業主會
wui5 tou2 leon6 gei2 go3 zung4 daai6 man6 tai4
會討論幾個重大問題，
hou2 ci5 daai6 haa6 wai4 sau1
好似大廈維修、
ngoi6 pun3 cing1 git3 gung1 zok3
外判清潔工作、

daai6 haa6 bou2 ngon1 dang2 dang2 ge3 man6 tai4
大廈保安等等嘅問題。

Ni1 di1 dou1 hai6 jip6 zyu2 tung4 zyu6 haak3 cit3 san1 ge3
呢啲都係業主同住客切身嘅

man6 tai4 ngo5 lam2 ngo5 dei6 gaa1 daai6 syun1 cyun4
問題，我諗我哋加大宣傳

jing3 goi1 ho2 ji5 kap1 jan5 jip6 zyu2
應該可以吸引業主、

tung4 keoi5 dei6 ge3 doi6 biu2 lai4 caam1 gaa1
同佢哋嘅代表嚟參加。

物業主任

Ming4 baak6 gam3 ngo5 zik1 hak1 heoi3 ngon1 paai4 jan4 sau2
明白！咁我即刻去安排人手。

Ging1 lei5 nei5 waa6 jyu4 gwo2 ngo5 dei6 zou6 di1
經理，你話如果我哋做啲

hoi2 bou3 waak6 ze2 ji6 laai1 gaa2 syun1 cyun4
海報或者易拉架宣傳

jau5 mou5 haau6 jung6 ne1
有冇效用呢？

余經理

Hou2 zyu2 ji3 ngo5 dei6 zik1 hak1
好主意，我哋即刻

cit3 gai3 jat1 tou3 hoi2 bou3 zou6 hou2 zi1 hau6
設計一套海報，做好之後

zau6 tip3 hai2 daai6 haa6 daai6 tong4 syun1 cyun4 syun1 cyun4
就貼喺大廈大堂宣傳宣傳。

## 2. 組織旅行
zou2 zik1 leoi5 hang4

🎧 1002.mp3

**余經理**

Ngo5 dei6 ni1 go3 jyut6 jiu3 hoi1 ci2 caak3 waak6
我哋呢個月要開始策劃

jat1 nin4 jat1 dou6 ge3 nguk1 jyun2 leoi5 hang4
一年一度嘅屋苑旅行。

Ngo5 dei6 gau6 nin2 gaau2 zo2 Hoeng1 Gong2 jat1 jat6 jau4
我哋舊年攪咗香港一日遊，

heoi3 Daai6 Fat6 sik6 zaai1
去大佛、食齋、

tai2 Zung1 Waa4 baak6 hoi2 tyun4
睇中華白海豚，

jip6 zyu2 tung4 zyu6 wu6 ge3 faan2 jing3 dou1 hou2 hou2
業主同住戶嘅反應都好好。

Ngo5 dei6 gam1 nin4 jau5 mat1 je5 hou2 waan2 ge3
我哋今年有乜嘢好玩嘅

leoi5 jau4 lou6 sin3 ne1
旅遊路線呢？

**物業主任**

Ging1 lei5 nei5 haau2 m4 haau2 leoi6
經理，你考唔考慮

Sam1 Zan3 loeng5 jat6 jau4 ne1
深圳兩日遊呢？

Seoi1 jin4 ngo5 hou2 siu2 gwo3 heoi3
雖然我好少過去，

bat1 gwo3 ngo5 teng1 pang4 jau5 gong2
不過我聽朋友講

Sam1 Zan3 faat3 zin2 dak1 hou2 faai3
深圳發展得好快，

jau5 gou1 seoi2 zeon2 ge3 zau2 dim3
有高水準嘅酒店，

jau5 san1 hoi1 ge3 syu1 sing4 jau5 zeoi3 san1 ge3
有新開嘅書城，有最新嘅

jyu4 lok6 cit3 si1 jau5 sik6 jau5 waan2
娛樂設施，有食有玩。

Ngo5 gok3 dak1 heoi3 loeng5 jat6 Sam1 Zan3
我覺得去兩日深圳

jing3 goi1 hou2 hou2 waan2
應該好好玩。

**余經理**

Dei6 dim2 hai6 gei2 kap1 jan5
地點係幾吸引，

bat1 gwo3 lou6 cing4 jau5 di1 jyun5
不過路程有啲遠，

leoi5 fai3 tung4 zyu6 suk1 fai3 dou1 wui2 jau5 di1 gwai3
旅費同住宿費都會有啲貴。

Gan1 geoi3 gau6 nin4 ge3 ging1 jim6
根據舊年嘅經驗，

hou2 do1 zyu6 haak3 jat1 gaa1 daai6 sai3 jat1 cai4 heoi3
好多住客一家大細一齊去，

jau5 lou5 jau5 nyun6 ngo5 dei6 jiu3 haau2 leoi6 jat1 haa5
有老有嫩，我哋要考慮一下

lou6 cing4 ge3 jyun5 kan5 tung4 leoi5 fai3 ge3 do1 siu2
路程嘅遠近同旅費嘅多少。

**物業主任**

Ging1 lei5 nei5 gong2 dak1 hou2 ngaam1
經理，你講得好啱，

gau6 nin2 jau5 di1 zyu6 haak3 gok3 dak1
舊年有啲住客覺得

Daai6 jyu4 saan1 dou1 jau5 di1 jyun5
大嶼山都有啲遠，

jau5 di1 lou5 jan4 gaa1 gok3 dak1 jau5 di1 gui6
有啲老人家覺得有啲攰。

M4 jyu4 gwo2 heoi3 zyu2 tai4 lok6 jyun4 ne1
唔……如果去主題樂園呢？

gaau2 go3 zyu2 tai4 lok6 jyun4 jat1 jat6 jau4
攪個主題樂園一日遊。

Nin4 cing1 ge3 zyu6 haak3 ho2 ji5 waan2 dak1 zeon6 hing3
年青嘅住客可以玩得盡興，

siu2 pang4 jau5 jat1 ding6 zung1 ji3 lou5 jan4 gaa1
小朋友一定鍾意，老人家

ho2 ji5 maan6 maan2 waan2 Ngo5 dei6 ho2 ji5
可以慢慢玩。我哋可以

tung4 zyu2 tai4 gung1 jyun4 go2 bin6 king1 king1
同主題公園嗰邊傾傾，

tai2 haa5 tyun4 tai2 kau3 piu3 jau5 mou5 jau1 wai6
睇下團體購票有冇優惠。

余經理

Seoi1 jin4 waak6 ze2 ho2 ji5 lo2 tyun4 tai2 jau1 wai6
雖然或者可以攞團體優惠，

ngo5 dou1 daam1 sam1 jap6 coeng4 hyun3 taai3 gwai3
我都擔心入場券太貴。

Ngo5 dei6 bat1 jyu4 zou6 go3 man6 gyun2 diu6 caa4
我哋不如做個問卷調查，

tai2 tai2 zyu6 wu6 zung1 ji3 bin1 leoi6 jing4 ge3
睇睇住戶鍾意邊類型嘅

leoi5 jau4 mou4 sik1 tung4 lou6 sin3
旅遊模式同路線。

Zou6 man6 gyun2 wui5 ling6 zyu6 haak3 gok3 dak1
做問卷會令住客覺得

ngo5 dei6 zan1 hai6 jau5 wai6 keoi5 dei6 zoek6 soeng2
我哋真係有為佢哋着想，

ting3 ceoi2 keoi5 dei6 ge3 ji3 gin3
聽取佢哋嘅意見。

**物業主任**

Hou2 ngo5 zeon2 bei6 man6 gyun2
好，我準備問卷，

zou6 hou2 bei2 nei5 tai2 tai2
做好俾你睇睇。

Zou6 jyun4 man6 gyun2 zi1 hau6 ngo5 dei6 dim2 zou6 ne1
做完問卷之後我哋點做呢？

**余經理**

Ngo5 dei6 ho2 ji5 fan1 sik1 jat1 haa5 git3 gwo2
我哋可以分析一下結果，

jin4 hau6 ding6 lou6 sin3 Ding6 zo2 zi1 hau6
然後定路線。定咗之後，

ho2 ji5 wan2 leoi5 hang4 se5 daa2 gaa3 tung4 cit3 gai3
可以搵旅行社打價同設計

lou6 sin3 ngo5 dei6 sau1 dou3 zi1 hau6 zoi3 sam2 ding6
路線，我哋收到之後再審訂。

**物業主任**

Ming4 baak6 ging1 lei5
明白！經理。

Ngo5 wui5 ziu3 nei5 ge3 zi2 si6 zou6
我會照你嘅指示做。

Jat1 go3 lai5 baai3 hau6 zoi3 hoeng3 nei5 bou3 gou3
一個禮拜後再向你報告。

## 3. 人事管理：辭職、解僱
jan4 si6 gun2 lei5 ci4 zik1 gaai2 gu3

1003.mp3

**李大包**

Jyu4 ging1 lei5 zung2 gung1 si1 soeng6 nin4
余經理，總公司上年

jiu1 cing2 jat1 go3 jan4 lik6 zi1 jyun4 gung1 si1
邀請一個人力資源公司

bong1 ngo5 dei6 zaap6 tyun4 zou6 zo2 jat1 go3 gok3 go3
幫我哋集團做咗一個各個

bou6 mun4 ge3 jan4 sau2 tung4 haau6 leot2 ping4 gu2
部門嘅人手同效率評估，

faat3 jin6 jau5 di1 bou6 mun4 ge3 sing4 bun2 tung4 haau6 jik1
發現有啲部門嘅成本同效益

m4 sing4 zing3 bei2
唔成正比，

seoi1 jiu3 jau5 gwaan1 bou6 mun4 gim2 tou2
需要有關部門檢討，

gung1 si1 ge3 mat6 jip6 gun2 lei5 bou6
公司嘅物業管理部

hai6 kei4 zung1 zi1 jat1
係其中之一。

Zung2 gung1 si1 hei1 mong6 nei5 heoi3 dung2 si6 guk6
總公司希望你去董事局

bou3 gou3 jat1 haa6 tung4 gai3 waak6 haa6
報告一下同計劃下

mei6 loi4 ng5 nin4 ge3 jan4 sau2 ngon1 paai4
未來五年嘅人手安排。

**余經理**

mat6 jip6 gun2 lei5 bou6 ji4 gaa1 cyu3 jyu1
Harry，物業管理部而家處於

jat1 go3 san1 gau6 gaau1 tai3 kei4
一個新舊交替期，

gau6 jat1 doi6 ge3 bou2 ngon1 jyun4 caa1 bat1 do1 tung4 si4
舊一代嘅保安員差不多同時

wui5 hai2 haa6 nin4 dou6 teoi3 jau1
會喺下年度退休，

so2 ji5 ngo5 dei6 soeng6 go3 nin4 dou6 zau6 hoi1 ci2
所以我哋上個年度就開始

ping3 cing2 tung4 pui4 fan3 san1 jat1 pai1 ge3 bou2 ngon1 jyun4
聘請同培訓新一批嘅保安員。

So2 ji5 hai2 sou3 zi6 soeng6
所以喺數字上，

jan4 sau2 dik1 kok3 hai6 do1 gwo3 cin4 nin2
人手的確係多過前年，

waak6 ze2 hai6 gam3 jing2 hoeng2 zo2
或者係咁影響咗

sing4 bun2 haau6 jik1 ge3 sou3 zi6
成本效益嘅數字。

**李大包**

Jyu4 ging1 lei5 nei5 jiu3 ming4 baak6
余經理，你要明白，

ngo5 dei6 zaap6 tyun4 m4 hai6 gam3 bat1 gan6 jan4 cing4
我哋集團唔係咁不近人情，

daan6 hai6 jik6 m4 hai6 ci4 sin6 gei1 kau3
但係亦唔係慈善機構，

so2 ji5 sing4 bun2 haau6 jik1 ge3 ping4 hang4
所以成本效益嘅平衡

hai6 fei1 soeng4 cung4 jiu3 ge3
係非常重要嘅。

Ngo5 ming4 baak6 mat6 jip6 gun2 lei5 bou6 ge3 naan4 cyu3
我明白物業管理部嘅難處，

daan6 jan1 wai6 ne1 ci3 ge3 sou3 zi6 jau5 di1 naan4 tai2
但因為呢次嘅數字有啲難睇，

so2 ji5 nei5 ni1 ci3 hoi1 wui2 jiu3 tung4 dung2 si6 guk6
所以你呢次開會要同董事局

gaai2 sik1 tung4 jyu6 gai3 jat1 haa5
解釋同預計一下

mei6 loi4 ng5 nin4 ge3 sou3 zi6
未來五年嘅數字。

**余經理**

Jan1 wai6 jau5 hou2 do1 bou2 ngon1 jyun4 fuk6 mou6 zo2
因為有好多保安員服務咗

ngo5 dei6 ge3 gung1 si1 hou2 noi6
我哋嘅公司好耐，

ngo5 gok3 dak1 ceoi4 zyu6 keoi5 dei6 teoi3 jau1
我覺得隨住佢哋退休，

zi6 jin4 lau4 sat1 wui2 hai6 jat1 go3 bei2 gaau3 hou2 ge3
自然流失會係一個比較好嘅

fong1 ngon3 heoi3 wai4 ci4 sing4 bun2 haau2 jik1
方案去維持成本效益，

gu2 gai3 loeng5 nin4 noi6
估計兩年內，

ni1 go3 gaau1 zip3 kei4 wui5 jyun4 git3 ngo5 dei6 ge3
呢個交接期會完結，我哋嘅

sou3 zi6 wui5 wui4 fuk1 hap6 lei5 ge3 seoi2 ping4
數字會回復合理嘅水平。

**李大包**

Gam3 zau6 ceng2 nei5 hai2 dung2 si6 wui2
咁就請你喺董事會

coeng4 sai3 bou3 gou3 jat1 haa6 Zung6 jau5 jat1 gin6 si6
詳細報告一下。仲有一件事，

ngo5 dei6 zyu2 zik6 zeoi3 gan6 zip3 dou2
我哋主席最近接到

jat1 wai2 zyu6 haak3 ge3 tau4 sou3
一位住客嘅投訴。

keoi5 tau4 sou3 je6 gaang1 bou2 ngon1 jyun4 si4 si4 hai2
佢投訴夜更保安員時時喺

dong1 zik6 si4 gaan3 fan3 gaau3 ge3 cing4 fong3
當值時間瞓覺嘅情況。

Nei5 ho2 m4 ho2 ji5 liu5 gaai2 jat1 haa5
你可唔可以瞭解一下，

zoi3 gong2 bei2 ngo5 dei6 zi1 faat3 saang1 mat1 je5 si6
再講俾我哋知發生乜嘢事。

Jyu4 gwo2 hai6 zan1 ge3
如果係真嘅，

nei5 dou1 jiu3 lam2 lam2 baan6 faat3
你都要諗諗辦法。

**余經理**

Ni1 go3 man6 tai4 bei2 gaau3 jim4 zung4
呢個問題比較嚴重，

ngo5 wui5 liu5 gaai2 haa6 cing4 fong3 zoi3 bou3 gou3
我會瞭解下情況，再報告。

Ngo5 dei6 ge3 bou2 ngon1 jyun4 zoeng1 zak1 ji5 ging1 se2 dak1
我哋嘅保安員章則已經寫得

hou2 cing1 co2 dong1 zik6 si4 gaan3 m4 ho2 ji5 zou6
好清楚，當值時間唔可以做

zi6 gei2 ge3 je5 tung4 bou2 ci4 bou2 ngon1 jyun4 ge3
自己嘅嘢同保持保安員嘅

zyun1 jip6 taai3 dou6 ngo5 wui5 can1 zi6 heoi3 tai2 tai2
專業態度，我會親自去睇睇。

**李大包**

Zyun1 jip6 zing1 san4 zing6 hai6 se2 hai2 zoeng1 zak1 soeng5 min6
專業精神淨係寫喺章則上面

hai6 m4 gau3 ge3 Hei1 mong6 nei5 dou1 lam2 lam2
係唔夠嘅。希望你都諗諗

dim2 joeng2 ho2 ji5 pui4 fan3 nei5 ge3 zik1 jyun4
點樣可以培訓你嘅職員，

maan6 maan2 joeng5 sing4 zyun1 jip6 cou1 sau2
慢慢養成專業操守。

Nei5 dou1 ho2 ji5 haau2 leoi6 jat1 di1 zoeng2 fat6 zai3 dou6
你都可以考慮一啲獎罰制度，

ngo5 dei6 ho2 ji5 hoi1 wui2
我哋可以開會

zoi3 king1 king1 ni1 di1 man6 tai4
再傾傾呢啲問題。

**余經理**

Ming4 baak6 ngo5 dei6 jau5 kok3 sat6 ge3 soeng2 faat3
明白Harry，我哋有確實嘅想法

zau6 wui5 ceng2 nei5 lai4 tung4 ngo5 dei6 hoi1 wui2 king1 king1
就會請你嚟同我哋開會傾傾。

**李大包**

Mou5 man6 tai4
冇問題。

## II. 實用詞彙

| 屋苑 | uk1 jun2 |
|---|---|
| 業主立案法團 | jip6 zyu2 lap6/laap6 on3 faat3 tyun4 |
| 周年大會 | zau1 nin4 daai6 wui5 |
| 選舉 | syun2 geoi2 |
| 新一屆 | san1 jat1 gaai3 |
| 法團代表 | faat3 tyun4 doi6 biu2 |
| 商量 | soeng1 loeng4 |
| 注意事項 | zyu3 ji3 si6 hong6 |
| 分工 | fan1 gung1 |
| 會務工作 | wui2 mou6 gung1 zok3 |
| 會場安排 | wui2 coeng4 on1 paai4 |
| 按照 | on3 ziu3 |
| 選舉章則 | syun2 geoi2 zoeng1 zak1 |
| 宣傳 | syun1 cyun4 |
| 通知 | tung1 zi1 |
| 屋苑業主 | uk1 jun2 jip6 zyu2 |
| 人數不足 | jan4 sou3 bat1 zuk1 |
| 流會 | lau4 wui2 |
| 手尾 | sau2 mei5 |

| 涉及 | sip3 kap6 |
| --- | --- |
| 反貪條例 | faan2 taam1 tiu4 lai6 |
| 每戶 | mui5 wu6 |
| 派通傳 | paai3 tung1 cyun4 |
| 傳單 | cyun4 daan1 |
| 大廈維修 | daai6 haa6 wai4 sau1 |
| 外判 | ngoi6 pun3 |
| 清潔工作 | cing1 git3 gung1 zok3 |
| 大廈保安 | daai6 haa6 bou2 on1 |
| 住客 | zyu6 haak3 |
| 切身問題 | cit3 san1 man6 tai4 |
| 易拉架 | ji6 laai1 gaa2 |
| 效用 | haau6 jung6 |
| 海報 | hoi2 bou3 |
| 大廈大堂 | daai6 haa6 daai6 tong4 |
| 屋苑旅行 | uk1 jun2 leoi5 hang4 |
| 路線 | lou6 sin3 |
| 高水準 | gou1 seoi2 zeon2 |
| 娛樂設施 | ju4 lok6 cit3 si1 |

| 旅費 | leoi5 fai3 |
|---|---|
| 住宿費 | zyu6 suk1 fai3 |
| 經驗 | ging1 jim6 |
| 有老有嫩 | jau5 lou5 jau5 nyun6 |
| 主題樂園 | zyu2 tai4 lok6 jun4 |
| 團體購票 | tyun4 tai2 kau3 piu3 |
| 優惠 | jau1 wai6 |
| 問卷調查 | man6 gyun2 diu6 caa4 |
| 旅遊模式 | leoi5 jau4 mou4 sik1 |
| 分析 | fan1 sik1 |
| 結果 | git3 gwo2 |
| 旅行社 | leoi5 hang4 se5 |
| 打價 | daa2 gaa3 |
| 審訂 | sam2 ding6 |
| 邀請 | jiu1 cing2 |
| 人力資源公司 | jan4 lik6 zi1 jun4 gung1 si1 |
| 效率評估 | haau6 leot2 ping4 gu2 |
| 成本效益 | sing4 bun2 haau6 jik1 |
| 成正比 | sing4 zing3 bei2 |

| 人手安排 | jan4 sau2 on1 paai4 |
|---|---|
| 新舊交替期 | san1 gau6 gaau1 tai3 kei4 |
| 退休 | teoi3 jau1 |
| 聘請 | ping3 cing2 |
| 培訓 | pui4 fan3 |
| 新一批 | san1 jat1 pai1 |
| 不近人情 | bat1 gan6 jan4 cing4 |
| 慈善機構 | ci4 sin6 gei1 kau3 |
| 自然流失 | zi6 jin4 lau4 sat1 |
| 方案 | fong1 on3 |
| 維持 | wai4 ci4 |
| 回復 | wui4 fuk6 |
| 合理水平 | hap6 lei5 seoi2 ping4 |
| 詳細報告 | coeng4 sai3 bou3 gou3 |
| 當值時間 | dong1 zik6 si4 gaan3 |
| 章則 | zoeng1 zak1 |
| 專業態度 | zyun1 jip6 taai3 dou6 |
| 專業操守 | zyun1 jip6 cou1 sau2 |
| 獎罰制度 | zoeng2 fat6 zai3 dou6 |

## III. 活用短句

1005.mp3

### 1. 恭賀語句
gung1 ho6 jyu6 geoi3

| |
|---|
| Gung1 hei2 nei5 wing4 jau1 Zuk1 nei5 saang1 wut6 jyu4 faai3<br>恭喜你榮休。祝你生活愉快。 |
| Gung1 hei2 nei5 sing1 zik1 zou6 bou6 mun4 zyu2 gun2<br>恭喜你升職做部門主管。 |
| Gung1 hei2 nei5 wing4 sing1 ngoi6 fu6<br>恭喜你榮升外父！ |

### 2. 宴會邀請
jin3 wui6 jiu1 cing2

| |
|---|
| Nei5 haa6 go3 sing1 kei4 luk6 je6 maan5 dak1 m4 dak1 haan4 aa3<br>你下個星期六夜晚得唔得閒呀？ |
| Gam1 maan5 jau5 go3 zeoi6 wui2 nei5 lai4 m4 lai4 aa3<br>今晚有個聚會，你嚟唔嚟呀？ |
| Sing1 kei4 ng5 maan5 jat1 cai4 ceot1 heoi3 waan2 laa1<br>星期五晚一齊出去玩啦！ |
| Gam1 maan5 heoi3 jam2 je5 hou2 m4 hou2 aa3<br>今晚去飲嘢好唔好呀？ |

| |
|---|
| Jyu4 gwo2 nei5 jau5 si4 gaan1 zau6 soeng5 lai4 co5 haa5 laa1<br>如果你有時間就上嚟坐下啦！ |
| Do1 ze6 nei5 ceng2 ngo5 lai4<br>多謝你請我嚟。 |

## 3. 市場調查、大型會議、展覽會

si5 coeng4 diu6 caa4 daai6 jing4 wui5 ji5 zin2 laam5 wui2

| |
|---|
| Ngo5 dei6 jiu3 zou6 si5 coeng4 diu6 caa4 zou6 bin1 leoi6 diu6 caa4 bei2 gaau3 hap6 sik1 ne1<br>我哋要做市場調查，做邊類調查比較合適呢？ |
| Ngo5 dei6 ho2 ji5 zou6 din6 waa2 diu6 caa4<br>我哋可以做電話調查。 |
| Ngo5 dei6 ho2 ji5 zou6 man6 gyun2 diu6 caa4<br>我哋可以做問卷調查。 |
| Si5 coeng4 diu6 caa4 git3 gwo2 dim2 ne1<br>市場調查結果點呢？ |

Tung1 gwo3 din6 waa2 man6 gyun2 ngo5 dei6 ji5 ging1 sau1 zaap6 dou2
通過電話問卷，我哋已經收集到
zeoi3 san1 ge3 zi1 liu2
最新嘅資料。

Tung1 gwo3 soeng6 go3 jyut6 ge3 si5 coeng4 diu6 caa4 ngo5 dei6 bou6 mun4
通過上個月嘅市場調查，我哋部門
ji5 ging1 zoeng2 aak1 dou3 zeoi3 san1 ge3 si5 coeng4 seon3 sik1
已經掌握到最新嘅市場訊息。

Ngo5 dei6 ji4 gaa1 zou6 jat1 go3 si5 coeng4 diu6 caa4
我哋而家做一個市場調查，
soeng2 ceng2 nei5 wui4 daap3 gei2 go3 man6 tai4 ho2 m4 ho2 ji5 aa3
想請你回答幾個問題，可唔可以呀？

Ho2 ji5
可以。

M4 hou2 ji3 si1 ngo5 ji4 gaa1 hou2 mong4 m4 dak1 haan4
唔好意思，我而家好忙，唔得閒。

Wui6 ji5 ji5 cing4 zeon2 bei6 hou2 mei6 aa3
會議議程準備好未呀？

Ho2 m4 ho2 ji5 bei2 jat1 fan6 wui6 ji5 siu2 caak3 zi2 ngo5 aa3
可唔可以俾一份會議小冊子我呀？

Cing2 man6 bin1 go3 wui5 zou6 wui6 ji5 bou3 gou3 aa3
請問邊個會做會議報告呀？

Jau5 mou5 siu2 zou2 bou3 gou3 aa3
有冇小組報告呀？

Cing2 man6 jau5 mou5 fan1 zou2 jin4 tou2 wui2 ne1
請問有冇分組研討會呢？

Bou3 gou3 ge3 tai4 muk6 hai6 mat1 je5 aa3
報告嘅題目係乜嘢呀？

Ji4 gaa1 hai6 bai3 mok6 bou3 gou3
而家係閉幕報告。

作者
李兆麟

錄音
李兆麟　伍靜霖　李浩德

編輯
周宛媚

封面設計
陳翠賢

美術設計
Venus

排版
劉葉青

出版者
萬里機構出版有限公司
香港鰂魚涌英皇道1065號東達中心1305室
電話：2564 7511
傳真：2565 5539
電郵：info@wanlibk.com
網址：http://www.wanlibk.com
http://www.facebook.com/wanlibk

發行者
香港聯合書刊物流有限公司
香港新界大埔汀麗路 36 號
中華商務印刷大廈 3 字樓
電話：2150 2100
傳真：2407 3062
電郵：info@suplogistics.com.hk

萬里機構

萬里 Facebook


承印者
中華商務彩色印刷有限公司
香港新界大埔汀麗路 36 號

出版日期
二零一九年六月第一次印刷





ISBN 978-962-14-7038-6